www.bbulmedia.com

정사부 현대 판타지 장편 소설

Hunting Frontier

헌팅 프론티어

4

BBULMEDIA FANTASY STORY

뿔미디어

목차

Chapter 1
팀 아케인의 첫 사냥

　뉴 어스의 흉악한 몬스터들이 지배하는 영역, 영원의 숲.

이곳에 서식하는 몬스터는 다른 지역에 있는 몬스터보다

더욱 흉포하고 월등한 덩치를 가졌다.

　최하급 몬스터인 고블린이라 해도 다른 지역의 치프급 능

력을 보여줄 만큼 교활하고 영리하였다.

　더욱이 영원의 숲은 먹이사슬이 뒤엉켜 있는 곳 중 하나

다.

　그 말이 무슨 말인가 하면, 다른 많은 몬스터들의 사냥감

이자 먹이사슬 가장 밑바닥에 위치한 고블린이라고 해서 절

대적인 약자로만 볼 수는 없다는 소리다.

경우에 따라서 고블린이 먹이사슬의 상위 포식자인 오크나 트롤을 사냥하기도 하고, 오크가 포식자인 오우거를 사냥해 잡아먹기도 했다.

때문에 영원의 숲에서 살아가는 몬스터들은 끊임없이 강해지고, 전투 본능을 유지해야만 하기에 더욱 위험한 존재들이 되었다.

뿐만 아니라 예측할 수 없는 변종 몬스터도 많아, 여간해선 다른 지역의 몬스터는 영원의 숲에 들어오려고 하지 않았다.

그런데 이런 영원의 숲에 얼마 전부터 무서운 포식자가 나타났다.

이 포식자는 먹을 것도 아니면서 몬스터들을 닥치는 대로 잡아들였다.

영원의 숲의 몬스터들은 갑자기 나타난 이 존재로 인해 공포에 떨었다.

이 포식자에게 걸리면 온몸의 가죽이 벗겨지고, 피가 뽑히며, 뼈가 발렸다.

비록 본능만으로 움직이는 몬스터라지만, 그들에게도 생존 본능이란 것이 있었다.

뼈가 드러나고 가죽이 벗겨진 채 심장이 파헤쳐진 모습은 결코 두려움을 모르던 몬스터들에게도 공포를 심어주었다.

크앙!

그 순간, 영원의 숲에 몬스터의 울부짖음이 울려 퍼졌다.

웬만한 하위 몬스터들은 그 기세에 눌려 움츠러들 정도의 포효지만, 지금은 어쩐지 두려움이 배어 나오고 있었다.

그 소리의 주인공은 놀랍게도 트롤이었다. 숲의 제왕이라 불리는 오우거조차 쉽게 상대할 수 없는 트롤 성체가 생존의 위협을 느끼고 내지른 소리였다.

평균 2.5m~3m의 신장에 오돌토돌한 물혹이 돋아 있는 피부.

다른 중형 몬스터에 비해 크기는 작지만, 헌터가 사냥하기에 무척이나 까다로운 특징을 가지고 있었다.

그건 바로 뛰어난 신진대사로 인해 신체 재생 능력이 여타 몬스터들에 비해 월등하다는 것이다.

그런 까닭에 웬만한 상처를 입어도 한 시간이면 신체 복구가 되었다.

물론 사지가 심각하게 훼손되는 정도의 상처는 재생이 어렵지만, 피부가 갈라지거나 물어 뜯기는 정도의 상처는 언제 상처를 입었는지 모를 정도로 감쪽같이 회복을 했다.

그 때문에 트롤보다 덩치가 1m~1.5m 정도나 큰 상위의 위험종인 오우거도 쉽게 사냥을 하지 않는 것이었다.

하지만 그 뛰어난 신체 능력을 가진 트롤 한 마리가 지금 여기저기 온몸에 상처를 입고 쫓기고 있었다.

트롤은 두려운 눈으로 전방을 향해 다시 한 번 울음을 터트렸다.

크아앙!

하지만 앞에 있는 존재는 그저 권태로운 표정으로 천천히 트롤을 향해 다가갈 뿐이었다.

터벅터벅.

트롤을 궁지에 몰아넣고 있는 존재.

정진의 가디언이자 이곳 영원의 숲의 새로운 지배자인 타라칸이었다.

타라칸은 마스터인 정진의 명령에 따라 트롤을 몰아가고 있었다.

만약 정해진 길이 아닌 다른 방향으로 향하려 하면 빠르게 그 앞길을 막아서며 정진이 있는 쪽으로 유도하는 것이다.

그런 사실을 전혀 알지 못하는 트롤은 자신도 모르는 사이 죽음의 덫으로 걸어가고 있었다.

"준비들 하세요!"

정진은 조금 전 트롤의 포효 소리를 듣고는 한쪽에 쉬고 있던 팀 아케인 멤버들에게 소리쳤다.

"그래, 알았다."

이정진의 대답과 함께 멤버들이 각자의 자리에 위치해 섰다.

그들은 숲 한쪽에 구덩이를 파서 미리 구덩이를 파두었다.

그러고는 그 위에 나뭇가지와 잎을 올려 가렸다.

사람이 올라가서는 무너지지 않을 정도로 튼튼하게 만들어둔 상태지만, 타라칸이 몰이해 온 트롤이 함정 위에 올라서면 바로 무너지도록 설계된 것이었다.

팀 아케인의 사냥 방법은 간단했다.

우선 함정을 파두고 타라칸이 몬스터를 몰아오게 만든다.

그러고 나서 함정에서 빠진 몬스터가 발버둥 칠 때 목을 자르는 것이었다.

일견 무척이나 단순한 방법이었다.

하지만 실제로 그리 간단한 방법은 아니었다.

몬스터를 유인할 방법이 없다면 함정은 아무런 의미가 없었다.

그래서 베테랑 헌터 팀 중에는 간혹 고블린 따위를 미끼로 이용해 사냥을 하기도 했다.

하지만 팀 아케인으로서는 군이 그럴 필요가 없었다.

타라칸이란 막강한 존재가 있기에 오히려 몬스터를 압박해 함정으로 밀어 넣는 방법을 사용했다.

일명 토끼몰이를 하는 것이다.

상위 몬스터인 타라칸의 위협에서 벗어나기 위해 트롤이 도망을 치면, 다른 곳으로 달아나지 못하게 타라칸이 몰이를 하여 함정으로 내몬다.

지금까지 이렇게 잡은 트롤이 무려 다섯 마리나 되었다.

처음에는 서로 손발이 맞지 않아 조금 버벅거리기도 했지만, 몇 번 반복하다 보니 이제 다들 익숙해졌다.

함정 근처에서 대기를 한 지 얼마나 지났을까.

트롤의 포효 소리가 점점 가까워지기 시작했다.

그럴수록 팀 아케인 멤버들의 움직임도 기민해졌다.

함정 주변에 깔아놓은 올가미도 다시 한 번 점검을 하였다.

올가미는 두 벌이 준비되었는데, 무척이나 굵은 것이었다.

사실 처음부터 함정을 이용한 트롤 사냥을 계획한 것은

아니었다.

원래 계획은 팀 아케인 멤버들이 몬스터를 유인하고, 숨어 있던 타라칸이 기습하여 마무리한다는 구상이었다.

하지만 그 계획은 처음부터 난관에 부딪쳤다.

아무리 정진의 수호자 역할을 맡고 있는 타라칸이지만, 아직 절대적으로 명령에 따르는 상황은 아니었다.

타라칸의 제1명령은 정진이 아케인 제국의 모든 마법을 계승할 때까지 지키는 것이고, 제2명령이 마법 수련을 돕는 것이다.

타라칸은 트롤 사냥이 정진의 마법 수련을 하기 위해 안정적인 자원이 필요하다는 설득에 부분 도움을 주기로 하였다.

물론 정진이 배운 마법을 활용하면 굳이 함정을 파야 할 필요는 없었다.

그러나 다른 팀 멤버들과는 아직 제대로 손을 맞춰보지도 못했기에, 우선은 몰이사냥을 통해 경험을 쌓아야 했다.

그래서 논의 끝에 나온 결론이 바로 함정을 이용한 사냥이었다.

뿌드득뿌드득.

나뭇가지가 부러지는 소리와 함께 저 멀리 트롤이 달려오는 모습이 보였다.

트롤은 공포에 질려 자신의 앞에 무엇이 기다리고 있는지 전혀 눈치채지 못하고 있었다.

그 모습에 정진은 조용히 다른 멤버들에게 손짓하였다.

신호를 받은 팀원들은 2인 1조가 되어 숲에 몸을 숨긴 채 각자의 앞에 놓인 올가미 줄을 잡고 대기했다.

이제 트롤이 함정에 빠지면 자동으로 올가미가 옭아맬 것이다.

하지만 트롤 사냥은 그것으로 끝나는 것이 아니었다.

위험한 몬스터답게 몸부림을 쳐 댈 것은 자명한 이치.

잠시 몸을 구속하는 것은 몰라도, 고작 올가미만으로 트롤을 제압하는 것은 무리였다.

그러니 올가미에 걸린 순간, 강진성과 김지웅은 크로스보우로 트롤을 쏘아 맞춰야 했다.

당연히 일반적인 화살로는 트롤에게 피해를 줄 수 없으니, 마비독을 발라진 볼트를 사용할 계획이었다.

그렇게 되면 아무리 트롤이라 해도 더 이상은 힘을 쓸 수 없을 것이었다.

사실 팀 아케인이 트롤을 주 타깃으로 삼은 이유도 바로 거기에 있었다.

신진대사가 빠른 트롤에게 있어 고블린의 독은 그야말로 천적이나 마찬가지였다.

　활발한 신진대사는 상처를 수복하는 데에 큰 도움을 주지만, 마냥 장점만 있는 것은 아니었다.

　독이 체내에 침투했을 때는 오히려 빠르게 중독되는 경우가 바로 그것이었다.

　물론 고블린의 독이 트롤의 생명에 위협을 가할 정도는 아니었다.

　또한 중독만큼이나 해독 작용도 빠르게 이루어지기에 트롤이 꼼짝 못하는 순간은 그야말로 아주 잠깐에 불과했다.

　하나 그 틈을 놓치지 않고 해치운다는 게 팀 아케인이 세운 트롤 사냥의 요지였다.

　김지웅과 강진성이 트롤을 마비시키는 동안 강현성은 혹시 모를 위협에 대비하고, 이정진이 트롤의 목을 베어낸다.

　이때, 정진은 각각의 멤버들이 제 역할을 원활하게 수행할 수 있게 보조하는 역할을 맡았다.

　정진이 마법을 사용해 트롤을 처치할 수도 있을 테지만, 지금은 사냥의 성공보다 호흡을 맞추는 것이 우선이었다.

　그렇기에 사냥에 있어 정진은 다른 멤버들의 안전을 최대한 보장할 수 있게 한발 물러나 있는 것이었다.

꽈드득!

"당겨!"

트롤이 함정에 빠지자 이정진의 입에서 고함이 터져 나왔다.

그에 맞춰 김지웅과 강현성, 진성 형제는 온 힘을 다해 줄을 당겼다.

트롤은 갑자기 땅이 꺼지면서 아래로 추락하게 되자 당황한 기색이 역력했다.

게다가 갑자기 올가미가 자신의 몸을 조여오자 정신을 차릴 수가 없었다.

크어엉!

그러나 곧 트롤이 왜 위험한 몬스터인지 그 진가가 드러났다.

팀 아케인의 멤버들이 미처 올가미를 고정시키기도 전에 트롤은 사지를 휘둘렀다.

당연하게도 트롤의 힘을 감당하기는 무리인 상황.

이대로라면 올가미에서 풀려 나오는 것은 시간문제였다.

"홀드!"

바로 그때, 정진이 마법을 걸었다.

그대로 방치했다가는 팀원들이 위험에 처할 수도 있기에

서둘러 개입한 것이었다.

정진이 마법을 걸자 트롤은 주춤 발버둥이 그쳤다.

그때를 놓치지 않고 강진성과 김지웅이 크로스 보우를 들어 트롤에게 발사했다.

올가미와 정진의 마법 때문에 움직임이 제한된 트롤은 너무도 쉬운 표적에 불과했다.

푹! 푹!

끄어억!

볼트가 몸에 박히자 트롤의 괴성이 더욱 높아졌다.

하지만 곧 잦아들었다.

빠른 신진대사 탓에 마비독이 순식간에 몸에 퍼졌기 때문이다.

트롤은 점점 행동이 둔해지더니, 결국 움직임을 멈췄다.

그 순간, 이정진이 빠르게 접근하더니 커다란 그레이트 소드를 휘둘러 단번에 목을 쳐버렸다.

꿀럭꿀럭.

몸뚱이에서 목이 떨어져 나가는 것과 동시에 핏줄기가 분수처럼 솟아올랐다.

정진은 재빨리 트롤에게로 달려갔다.

그러고는 언제 꺼냈는지 기다란 대롱 하나를 트롤의 심장이 있는 부위에 힘껏 찔렀다.

푹.

트롤은 심장에 마정석을 가지고 있는데, 그런 이유로 빠른 재생을 할 수 있게 피에 마나를 부여한다.

마나를 머금은 피는 심장에서 멀어질수록 근육에 스며들며 희박해져 정진에게 필요가 없었다.

정진이 필요로 하는 것은 마나가 잔뜩 담긴 트롤의 피.

이것은 외상 치유제인 포션을 만드는 데 중요한 재료라 할 수 있었다.

트롤의 심장에는 보통 2리터의 피가 담겨 있다.

여러 번의 사냥을 통해 정진은 벌써 10리터나 확보했지만, 어차피 재료는 많으면 많을수록 좋았다.

더욱이 마법 연구를 위해서는 상당히 많은 피가 필요하기에 계속해서 트롤을 잡을 때마다 작업을 하는 것이었다.

팀원들은 처음엔 그런 정진의 모습을 이해하지 못했지만, 이유를 듣고 나자 고개를 끄덕이며 수월한 채혈 작업을 위해 도와주었다.

† † †

"준비는 다 했겠지?"

노인태는 자신의 비서인 최성규에게 낮은 목소리로 물었다.

"예, 비록 복귀 도중 몬스터의 습격을 받아 자료가 많이 분실되긴 하였지만, 빈틈없이 완벽하게 준비를 마쳤습니다."

최성규는 눈을 빛내며 자신감 있게 대답했다.

"이게 그건가?"

노인태는 자신의 앞에 놓인 서류철을 집어 들었다.

그는 서류를 빠르게 넘기며 대충 훑어보았다.

어차피 서류가 중요한 것이 아니었기에 형식적으로 살펴보고 본론으로 들어갔다.

"매수는 잘 끝났겠지?"

"예. 담당 판사도 매수를 했고, 헌터 협회의 간부도 저희의 손을 들어주기로 약속했습니다. 다만, 회수된 아티팩트를 처분해서 나오는 수익의 일부를 줘야만 할 것 같습니다."

최성규가 처리한 일은 다름 아닌 정진의 재판과 관련된 것이었다. 이렇다 할 증거도 없는 억지에 가까운 건이지만, 그들은 갖은 물밑 거래를 통해 기어코 원하는 바를 이루어낼 준비를 하고 있었다.

"아니, 큰 것 한 장이나 받았으면 됐지, 또 달라는 건
가?"

노인태는 인상을 쓰며 소리쳤다.

"사장님, 아티팩트입니다. 그것도 몬스터를 대량으로 잡
아낼 수 있는⋯ 그런 아티팩트를 회수하면 충분히 지출 이
상으로 벌어들일 수 있습니다."

"음⋯⋯."

노인태는 작게 신음을 흘렸다.

확실히 그가 보기에도 정진이 가지고 있을 아티팩트의 가
치가 지금까지 나온 그 어떤 아티팩트보다 더 뛰어날 것이
라 생각되기는 했다.

헌터도 아닌 일반인이 몬스터가 우글거리는 뉴 어스의 정
글에서 100개가 넘는 마정석을 가지고 복귀한다는 것은 상
식적으로 불가능한 일이다.

하지만 그런 업적을 정진은 이루어냈다.

비록 최하급의 마정석이긴 해도 보름 만에 마정석 100개
를 모은다는 것은 엄청난 일이었다.

전문 헌터 팀이 보름 동안 죽어라 사냥만 해도 달성할까
말까 하는 성과인 것이다.

그러니 정진이 몰래 훔쳐갔을 것이라 여겨지는 아티팩트의 가치는 그 무엇과도 비교할 수 없을 정도로 대단할 것이었다.

　사실 두 사람 역시 정진을 고소하기 위한 준비 과정에서 그런 일이 존재하지 않음을 계속해서 확인할 수 있었다.

　하지만 욕심에 눈이 뒤집힌 두 사람에게는 이미 정진이 아티팩트를 훔쳐갔는지 아닌지는 중요하지 않았다.

　능력을 갖지 못한 자가 험난한 뉴 어스에서 무사히 돌아올 수 있게 해줄 만큼 뛰어난 아티팩트, 그리고 마정석 100개를 얻어낼 수 있게 해주는 아티팩트에 대한 욕심만이 두 사람의 머릿속에 가득할 뿐이었다.

　　　　　†　　　　†　　　　†

　팀 아케인이 베이스캠프로 삼은 타라칸의 둥지는 무척이나 분주했다.

　3일간의 사냥을 끝내고, 이제는 뉴 서울로 돌아가야 할 시간이 된 것이다.

　"더 힘껏 당겨!"

　단 3일밖에 사냥을 하지 않았음에도 수확물은 개인이 짊어지고 가기 어려울 정도로 많았다.

파워 슈트를 착용하고 있기에 들고 가는 것은 무리가 없지만, 그 부피가 장난이 아니었다.

그걸 예상하고 돈이 될 만한 몬스터를 위주로 사냥했지만, 그럼에도 불구하고 엄청난 양의 부산물들이 쌓였다.

몬스터의 이빨이나 손톱, 발톱은 가공하여 장식품을 만들면 고가에 판매가 되고, 뼈는 약재로 찾는 사람이 많았다.

물론 그 약효가 과학적으로 증명된 것은 아직 없었다.

다만, 아시아 지역에서 그런 믿음이 있어 몬스터의 뼈를 한약재에 섞거나 푹 삶아 곰탕처럼 먹었다.

그렇기에 팀 아케인도 몬스터 사체에서 쓸모없는 살코기 부분은 타라칸의 먹이로 주고 나머지 마정석과 뼈 등은 모조리 챙겼다.

당연한 일이지만, 그로 인해 개인이 짊어지고 이동하기에는 부피가 너무나 컸다.

결국 수레를 만들어 짐을 싣는 걸로 결정이 되었다.

현성, 진성 형제가 한창 짐을 싣고 있을 때, 정진은 타라칸의 둥지 안쪽을 정리했다.

단 3일간 머물렀을 뿐이지만 팀 아케인의 베이스캠프였던 타라칸의 둥지는 많이 변해 있었다.

헌팅
프론티어

단순하게 숙식만 해결하려는 다른 멤버들과 다르게 정진은 한쪽에 자신만의 공방을 만들었다.

시간이 날 때마다 마법을 연구해야 하는 정진이기에 자신만의 실험실을 만든 것이다.

아직 실험 도구가 부족해 연구에 들어가지는 못했지만, 이번에 지구로 돌아가게 되면 각종 실험 도구를 구입해 가져다 놓을 예정이었다.

"준비 끝났냐?"

"예. 이곳에 찾아올 사람은 없겠지만, 혹시 모르니 입구를 감춰두고 내려갈게요."

그런 후, 정진은 입구에 일루전 마법을 시전했다.

이제 밖에서 보면 타라칸의 둥지는 아무런 흔적을 찾아볼 수가 없었다.

물론 그렇다고 타라칸이 볼 수 없는 것은 아니지만.

상위 몬스터인 타라칸에게 일루전 마법은 아무런 장애가 되지 않았다.

뒷마무리를 마치고 일행과 합류한 정진에게 김지웅이 감탄하며 말을 건넸다.

"와, 마법이란 것은 언제 봐도 신기하구나."

평범한 인간인 그로서는 입구를 전혀 찾아낼 수 없었다.

3일간 드나들었던 지웅에게도 그러하니, 누군가가 우연히 이곳을 발견할 확률은 없다고 봐도 무방했다.

"마무리했으면 이만 가자. 부지런히 가야 저녁 무렵에 뉴 서울에 도착할 거다."

"알겠습니다."

"그럼 출발하지."

삐그덕.

급하게 대충 만든 수레가 삐그덕거리는 소리를 내며 움직였다.

타라칸이 수레를 끌어주었기에 팀 아케인은 일몰 시간 전에 뉴 서울에 도착할 수 있었다.

일몰 시간이 지나면 뉴 서울에서는 절대로 문을 열어주지 않았다.

이는 처음 뉴 서울이 건설되면서부터 정해진 규칙이었다.

몬스터가 자원의 보고라는 사실이 밝혀지면서 세계 각국의 정부는 뉴 어스에 안전한 베이스캠프를 건설하는 데에 많은 힘을 쏟아부었다.

하지만 초기에는 많은 사고가 잇따랐다.

특히 해가 진 뒤의 뉴 어스는 위험한 몬스터들이 출몰하여 잠시도 마음을 놓아서는 안 될 정도였다.

많은 희생이 있고 나서야 사람들은 대책을 마련했다.

해가 지면 방비를 철저히 하고, 절대 이동하거나 베이스캠프의 출입을 통제한 것이다.

그런 이후 희생이 줄어들자 각국의 베이스캠프는 헌터나 클랜들의 행동 시간을 해가 떠 있는 동안으로 한정 짓게 되었다.

물론 모든 몬스터가 야행성인 것은 아니었다.

하지만 위험도에 있어 낮에 움직이는 몬스터와 밤을 무대로 삼는 몬스터의 차이는 컸다.

게다가 인간형 몬스터의 경우 자칫 인간으로 착각해 문을 개방했다가는 돌이킬 수 없는 피해가 발생할 수 있었다.

그랬기에 애당초 피아 식별이 어려운 야간에는 베이스캠프의 문을 열지 않는 것으로 원칙이 정해졌다.

헌터들도 그런 원칙을 숙지하고 있기에 복귀 시간을 일몰 전으로 맞추었다.

만약 일몰 시간이 넘어가게 된다면 쉘터 밖에서 밤을 보내고 밝은 아침에 쉘터 안으로 들어와야 했다.

정진을 비롯한 팀 아케인 역시 그런 사실을 잘 알고 있었다.

그래서 시간에 맞춰 뉴 서울 안에서 들어갈 수 있도록 복귀를 서두른 것이다.

"잠시 여기서 대기하고 있어. 난 신고하고 올 테니."

"알겠습니다."

뉴 서울에 도착한 팀 아케인의 리더 이정진은 헌터 협회 뉴 서울 지부 안으로 들어갔다.

그런 후, 얼마 지나지 않아 누군가와 함께 일행에게 돌아왔다.

"여기 트롤 열두 마리 분량의 뼈와 이빨, 발톱, 그리고 가죽입니다."

팀 아케인이 3일간 잡은 트롤은 모두 열세 마리였다.

그중 한 마리는 정진이 연구용으로 사용하기 위해 따로 빼놓고 나머지 열두 마리를 처분하기로 합의가 되었다.

"음……."

이정진과 함께 온 구매 담당자 백재현은 작게 신음을 흘렸다.

허술한 수레와 달리 그 위에 실려 있는 몬스터의 부산물은 결코 평범하지 않았다.

'상태가 무척이나 좋은데? 어떻게 잡은 거지?'

몬스터의 부산물 중 가장 비싼 것은 누가 뭐라 해도 마정석이다.

그리고 그다음으로 비싼 것은 보편적으로 가죽이었다.

몬스터의 가죽은 패션 업계는 물론이고, 방호력이 좋아 각종 현장의 작업복으로서 인기가 높았다.

그러다 보니 당연히 고가에 거래가 되었다.

몬스터의 뼈와 손발톱 또한 장식품이나 액세서리를 만드는 공방에서 고가로 팔리지만, 보통은 가죽이 가장 수익이 높았다.

그런데 오늘 팀 아케인이 가져온 몬스터의 가죽들은 놀라울 정도로 상태가 좋았다.

"이게 정말 트롤 가죽입니까?"

백재현은 수레에 쌓여 있는 트롤 가죽을 이리저리 살펴보며 물었다.

"하하, 맞습니다. 하나 예외 없이 모두 트롤의 가죽입니다."

"놀랍네요. 후원이 대단하신가 봅니다."

백재현은 트롤 가죽의 깨끗한 상태를 보고 분명 대기업의 후원을 받는 헌터 클랜이라 여겼다.

트롤은 크기 분류상 중급으로 분류되기는 하지만, 그 질긴 생명력 때문에 일반 몬스터 헌팅 팀은 트롤을 사냥하지 않았다.

아무리 신체를 강화하고 파워 슈트를 착용한다 해도 웬만 해서는 트롤의 회복력을 감당하기가 힘들기 때문이다.

그래서 트롤 정도의 몬스터를 사냥하기 위해선 대몬스터 병기인 아머드 기어가 필수였다.

하지만 다른 중급 몬스터들보다 사냥하기가 까다로운 만 큼 트롤에게서 얻어낼 수 있는 보상 역시 컸다. 중급 몬스 터 중에서 트롤만이 유일하게 모든 개체가 중급 이상의 마 정석을 내놓는 것으로 알려졌다.

대개 중급의 몬스터는 하급 마정석을 가지고 있는 개체가 많은데, 트롤은 아무리 작은 몸집을 가지고 있다 해도 중급 미만의 마정석을 갖고 있는 경우가 없었다.

그러니 트롤을 사냥하는 팀은 최하 중급 마정석을 기대하 기에 값비싼 아머드 기어를 활용하는 헌터 클랜들이나 가능 했고, 백재현은 당연히 팀 아케인도 아머드 기어를 보유한 기업이 후원하는 헌터 클랜이라 생각한 것이다.

이정진은 그런 백재현의 질문에 굳이 대답을 하지는 않았 다.

백재현 또한 굳이 대답을 듣기 위해 질문을 한 것은 아니 었다.

그저 아머드 기어를 사용했다고 가정해도 가죽의 상태가 지금까지 그가 보았던 그 어떤 것보다 좋았기에 무의식적으로 던진 질문일 뿐이다.

다만, 이번 기회를 통해 앞으로도 자신을 통해 거래를 했으면 하는 바람이 있어 친분을 쌓으려는 의도가 있었다.

"그래, 가죽은 얼마나 하겠습니까?"

그런 백재현의 속셈과는 다르게 팀 아케인 멤버들에게 지금 중요한 것은 자신들이 사냥한 몬스터의 가격이 얼마나 되느냐 하는 것뿐이었다. 이정진 역시 예외는 아니었기에 바로 본론으로 들어갔다.

"상태가 좋으니 장당 2천만 원으로 구매하겠습니다."

백재현은 눈을 빛내며 호기롭게 가격을 제시했다.

하지만 이정진은 그리 마음에 들지 않았다.

몬스터 사냥을 떠나기 전 이미 트롤에 대한 시세를 자세히 알아보았기 때문이다.

트롤의 부산물 중 가장 비싼 것은 마정석으로, 최소 1억 원부터 시작이었고, 가죽은 1,800만 원 정도였다.

지금 백재현이 부른 가격은 원래 시세에서 200만 원 정도를 더 부른 것이다.

하지만 이정진도 자신들이 잡은 트롤 가죽의 상태를 잘

알고 있기에 그보다 최소 2~300만 원은 더 받을 수 있다고 생각했다.

"이 정도 가죽 상태라면 최소로 잡아도 2,300만 원 정도는 받을 수 있다고 생각했는데, 담당자께선 그렇게 생각하지 않나 보군요?"

이정진은 강하게 나갔다. 어차피 거래가 성사되지 않는다면 아쉬운 것은 상대라는 확신이 있었다.

"더욱이 트롤 가죽은 그 쓰임새가 많아 항상 재고가 부족하다는 것도 잘 알고 있습니다. 가격이 맞지 않다면 협회에 판매하는 것을 고려해 봐야겠습니다."

이정진은 단호하게 최후통첩을 날리고는 백재현의 답변을 기다렸다.

"으음… 알겠습니다. 그럼 2,200만 원으로 하시면 어떻겠습니까? 물론 찾아보면 방금 말씀하신 것처럼 2,300만 원에 구입하려는 사람도 있기는 하겠지만, 언제 그런 구매자를 찾을 수 있을지는 알 수 없는 일 아닙니까? 그리고 저희도 중개를 하는 입장이니 수수료는 챙겨야 하지 않겠습니까?"

백재현은 도저히 놓치기 아까운 상태의 가죽이라 고심 끝에 이정진이 말한 것보다 100만 원 적은 2,200만 원을 불렀다.

사실 이정진의 말마따나 트롤 가죽은 찾는 곳이 무척이나 많았다.

패션 업계는 물론이고, 가죽 제품을 사용하는 업체들 모두가 선호하는 가죽이 바로 트롤 가죽이었다.

트롤 가죽은 다른 몬스터의 가죽에 비해 가공하는 것이 쉬우면서도 어느 정도의 손상은 자체적으로 복구되는 성질이 있기에 가죽 제품을 만드는 장인들에게는 정말이지 꿈의 소재라 할 수 있었다.

여타의 가죽은 가공 도중 실수라도 하게 되면 가죽 전체를 못 쓰게 되는데, 트롤 가죽은 그렇지 않은 것이다.

뿐만 아니라 마정석의 에너지를 흡수해 마치 새것처럼 재생이 가능하기에, 트롤 가죽으로 만든 제품은 영구적으로도 사용할 수 있어 많은 이들이 선호하였다.

그러다 보니 트롤의 가죽은 나오기만 하면 무조건적으로 판매가 되었다.

재고가 남아 있을 틈이 없는 것이다.

이정진은 백재현의 제시에 다른 멤버들을 돌아보았다.

다른 팀원들은 모두 고개를 끄덕였다.

"뭐, 그렇다면 굳이 직접 판매할 이유가 없지요."

"가죽 가격은 그렇게 하기로 하고, 다른 부속은 마리당 200만 원과 500만 원으로 하겠습니다."

백재현은 가죽에 대한 흥정이 끝나자 뼈와 손발톱, 그리고 이빨의 가격을 제시하였다. 가죽만큼은 아니지만 그래도 분명 수요가 있는 것들이었다.

"좋습니다."

이번에는 이정진도 바로 수락을 하였다.

솔직히 트롤의 뼈나 손발톱은 그리 가격이 나가는 품목은 아니었다.

다만, 버리기에는 아깝다는 생각에 챙겨 온 것이다.

열두 마리분의 부속이니 다 합치면 상당한 금액이 나왔다.

사실 팀 아케인이 특별한 경우여서 자잘한 부산물로도 수익이 되는 것이지, 다른 헌터 클랜이었다면 굳이 많은 부피를 차지하는 뼈나 부속품을 챙겨 오기보단 한 마리라도 더 사냥해 가죽과 마정석을 챙기려 했을 것이다.

그것이 수지타산이 더 좋기 때문이다.

일반 헌터 클랜의 경우 트롤 사냥 시 아머드 기어를 운용하는 탓에 사용료를 지급하고 나면 많은 배당을 받을 수는 없었다.

하지만 팀 아케인은 아머드 기어를 운용하지 않는데다 헌터 클랜 소속도 아니기에 따로 비용을 제할 필요가 없었다.

그러니 판매 대금에서 공동 운영비만 제하고는 거의 고스란히 팀원들의 수익이 되기에 상당한 금액을 나눠 가질 수 있었다.

†   †   †

"정진이가 아티팩트를 훔쳤다고요?"

"예, 그렇게 들었습니다. 그런 이유로 정정진 씨는 내일 일찍 검찰에 출두해 조사를 받으셔야 합니다."

남자는 말을 전달하고 바로 돌아갔다.

만족스럽게 거래를 마치고 돌아가려던 팀 아케인은 혼란에 빠졌다.

갑작스레 다가온 남자가 정진에게 기소 사실을 알려온 탓이었다.

정진은 허탈한 기분을 느꼈다.

아무리 생각해 보아도 왜 이런 상황이 벌어졌는지 도통 떠오르는 바가 없었다. 그야말로 마른하늘에 날벼락을 맞은 격이었다.

하지만 이정진은 무언가 짚이는 것이 있었다.

"아무래도 노태 클랜에서 널 도둑으로 신고한 것 같다."

"네? 그게 무슨 소리예요? 대체 왜요?"

"그건 나도 모르겠다. 아무튼 검찰에서 출두하라고 했다니, 일단 가봐야 할 거다."

"젠장, 나와 무슨 억하심정이 있어서……."

"그러게 말이다. 갈 때 내가 같이 가줄까?"

"아니에요. 죄진 것도 없는데, 굳이 그럴 필요 없어요."

정진은 이정진의 제안을 거절했다.

굳이 다른 사람까지 자신의 일에 끌어들이고 싶지 않아서였다.

"그럼 혼자 가지 말고 변호사를 선임해 함께 가도록 해. 괜히 혼자 가서 엉뚱한 소리 듣지 말고."

"예, 알겠어요."

정진은 고개를 끄덕이며 대답했다.

"혹시 내 도움이 필요하면 언제든 연락하고."

"네."

"그래, 나한테도 도울 일 있으면 연락해라. 너 없으면 어차피 사냥도 못 가니 시간 많다."

어느새 다가온 김지웅도 정진의 어깨를 툭툭, 두드리며

말했다.

"고마워요."

"자, 일단 집으로 가자. 가서 생각하자고."

이정진은 어수선해진 분위기를 수습하며 팀원들을 게이트로 이끌었다.

일주일 만에 지구로 돌아가는 팀 아케인의 발걸음은 조금 전과 다르게 무척이나 무거웠다.

트롤 부산물을 판매하며 벌어들인 수익에 한껏 고무되어 있었는데, 정진에게 닥친 절도 혐의와 검찰 출두 명령에 분위기가 축 처진 것이었다.

Chapter 2

고소

달그락달그락.

설거지를 하는 정은의 기분은 그 어느 때보다 좋았다.

정은은 매일이 요즘만 같았으면 원이 없을 것이란 생각을 했다.

전에는 아버지의 약값을 대기도 무척이나 빠듯했다.

그런데 정진이 뉴 어스에서 돌아온 뒤부터 상황은 180도로 바뀌었다.

어디서 그런 많은 돈을 벌었는지 알 수는 없지만, 집도 사고 생활에도 여유가 생겼다.

무엇보다도 몇 년 동안 거동을 못하셨던 아버지가 이제는 재활 운동을 하고 계시다는 것이 가장 좋았다.

다만, 한 가지 걱정이라면 정진의 직업이었다.

아버지가 부상을 입게 된 원인이 몬스터 사냥이었기에 더욱 그런 마음이 들었다.

띠리릭.

"누가 왔나?"

"다녀왔습니다."

정은이 주방에서 나오자 정진의 목소리가 들려왔다.

"어머, 오빠."

"어, 다녀왔다."

정진은 신발을 벗고 거실로 올라오다 정은의 목소리를 듣고 미소를 지었다.

"어디 다친 곳은 없어요?"

"응, 무사히 다녀왔다."

"잘 다녀왔느냐?"

"네, 다녀왔습니다."

수현은 정진의 어깨를 한 번 두드려 주고는 대견하다는 듯 미소를 지어주었다.

"그래, 고생했다. 얼른 씻고. 저녁은 먹었냐?"

"아니요. 복귀하고 바로 넘어왔습니다."

"그래. 정은아, 큰오빠 아직 식전이란다. 저녁 좀 차려줘라."

이제는 한결 자연스러운 움직임으로 걷는 아버지의 모습에 정진은 빙그레 미소를 지었다.

그러고는 정은을 바라보며 응석 부리듯 말을 꺼냈다.

"오빠가 아직 저녁 전이다. 귀찮겠지만 저녁 좀 차려주라."

"알았어, 오빠. 얼른 씻고 와. 내가 맛있는 된장찌개 끓여줄게."

"그래."

"형님, 다녀오셨어요?"

기분 좋게 샤워를 하고 나오는 정진을 향해 정수가 인사했다.

"어, 그래. 너도 공부 열심히 하고 누나 말 잘 듣고 있었지?"

"하하, 물론이죠."

정수의 밝은 모습에 정진은 머리를 한 번 쓰다듬어 주고는 주방으로 향했다.

"야, 맛있는 냄새."

"오빠, 조금만 기다려. 아직 다 안 끓었어."

"천천히 해."

두 번 상을 차리는 것이라 귀찮을 법도 할 텐데 전혀 싫은 내색 없이 식사를 준비하는 동생이 더없이 기껍고 한편으로는 미안한 마음이 들었다.

잠시 후, 찌개가 식탁에 오르자 정진은 정신없이 식사에 열중했다.

아무리 잘 차려 먹는다 해도 밖에서 먹는 밥과 집에서 먹는 밥은 느낌부터가 달랐다.

"잘 먹었다."

"응. 오빠, 피곤할 테니 그냥 놓고 들어가 쉬어."

"그래, 그럼 부탁한다."

방으로 돌아와 침대에 누운 정진은 멍하니 천장을 바라보았다.

게이트로 들어서기 전, 검찰 출석을 요구하던 남자의 말이 머릿속을 울렸다.

자신은 절대 그 무엇도 훔친 것이 없다.

그런데 무슨 이유로 자신에게 도둑질을 했다고 하는 것인지 알 수 없었다.

아무리 궁리를 해봐도 짐작이 가는 바가 없는 정진으로서는 현재 자신이 처한 상황이 무척이나 답답했다.

이제 겨우 형편이 조금 풀리는가 싶었는데 느닷없이 도둑으로 몰리자 화가 치밀어 올랐다.

하지만 상대는 대기업이 후원하는 헌터 클랜.

더욱이 그곳의 사장은 대기업인 노태 그룹의 혈족이었다.

즉, 이른바 로열패밀리라는 소리다. 대한민국에서 그들의 파워는 상당했다.

대한민국의 경제를 이끌어가는 그들의 입김은 대한민국 곳곳에 깊숙이 스며들어 있기에 없던 일도 만들어낼 수 있는 힘을 가지고 있었다.

그 때문에 정진은 잘못한 게 없다고 생각하면서도 괜히 불안한 마음이 들었다.

그러다 문득 무언가에 생각이 이르자 침대에서 벌떡 일어났다.

흰머리산 던전에서 타이탄을 처음 발견한 것은 바로 자신이었다.

무너진 벽의 틈새로 보이던 검은 실루엣.

흙을 걷어내고 처음 그 모습을 확인한 정진은 분명 세 기의 타이탄을 보았다.

그런데 노태 클랜에서는 두 기의 타이탄을 발굴했다고 공식적으로 발표했다.

자신이 알고 있는 사실과는 맞지 않은 것이다.

정진은 노태 클랜에 대한 평판을 다시 한 번 떠올려 본 뒤, 뭔가를 깨달을 수 있었다.

"그렇단 말이지?"

자신에게 누명을 씌우고 뭔가를 꾸미고 있는 게 분명하리라.

그렇기 때문에 제대로 준비를 하지 않으면 억울한 누명을 쓸 수도 있었다.

정진은 사태의 심각함을 깨닫게 되자 정신이 번쩍 들었다.

사회에서 개인은 단체에 비해 약자일 수밖에 없다.

특히나 재벌과 관계되어서 척을 진 개인이 뜻을 이루는 경우는 거의 없었다.

그러니 정신을 바짝 차리고 그들에게 작은 빌미라도 주지 않는 것이 제일 좋겠지만, 정진은 이미 고소를 당한 상태였다.

일단 자신이 어떤 혐의를 받고 있는 것인지는 알 수 없지만, 이정진이나 김지웅의 조언처럼 변호사를 대동하는 것이 좋겠다는 생각이 들었다.

뉴 서울에서 돌아올 때만 해도 굳이 그럴 필요가 있겠냐는 생각을 했지만, 다시 고민해 보니 자신이 너무 안일하게 생각한 감이 없지 않았다.

자신들의 주장이 거짓이라고 해도 저들은 대기업이다.

그러니 이미지를 생각해서라도 끝까지 의지를 관철해 억지로 누명을 씌울 것이 분명했다.

정진은 바로 행동에 들어갔다.

저들이 어떤 무기를 들고 나올지 모르니 자신은 최고의 방패를 준비해야만 했다.

정진은 거침없이 번호를 눌러 어디인가로 전화를 걸었다.

몇 번의 신호 끝에 곧바로 연결이 되었다.

"여보세요."

— 네, 이&정 로펌입니다. 무엇을 도와드릴까요?

"네, 제가 억울하게 고소를 당해서 상담을 하려고 하는데요."

— 아, 그러신가요? 어떤 연유로 고소를 당하였는지 알려주시면 해당 업무를 담당하시는 변호사님과 예약을 잡아드리겠습니다.

"네, 저는 헌터 직업을 가진 정정진이라고 하고, 국내 대형 헌터 클랜인 노태 클랜으로부터 소송을 당한 상태입니다."

— 네. 그럼 내일 오전 아홉 시에 저희 본사로 찾아오셔서 자세한 이야기를 나눴으면 하는데, 시간은 괜찮으신가요?

"네. 그럼 내일 찾아 뵙고 말씀을 나누도록 하겠습니다."

— 네, 감사합니다.

지금에 이르러 헌터와 헌터 클랜 간의 분쟁은 그리 낯선 일이 아니었다.

이익 분배에 관한 소송에서부터 소속을 옮기는 과정에서 발생하는 분쟁까지… 그야말로 종류도 다양했다.

일반적으로 헌터란 직업은 고수익 직종이라 볼 수 있었다.

게다가 항시 생명의 위협을 받는 직업이다 보니 그에 관한 계약이나 제도가 복잡하게 얽힐 수밖에 없었다.

당연히 변호사에게 있어서는 훌륭한 고객이 되기에 부족함이 없는 것이다.

통화를 마친 정진은 떨리는 심장을 진정시키며 한편으로는 자신이 가진 비장의 수를 떠올렸다.

예전 같으면 머리를 쓸 일도 별로 없고 사회 물정에 어두워 이렇게까지 준비하지 못했겠지만, 마법을 배우고부터 정진의 머리는 무척이나 좋아졌다.

마법을 효율적으로 사용하기 위해서는 꾸준히 생각을 하고, 계산을 해야만 했다.

그러다 보니 정진의 두뇌는 끊임없이 단련되어 빠르게 문제를 인식하고, 또 그것을 해결하기 위해 무수히 많은 연산과 사고를 거듭하게 되었다.

그러니 자연스럽게 두뇌가 발달할 수밖에 없었다.

다음 날 아침, 정진은 일찍부터 집을 나섰다.

검찰에 출두를 하기 전에 로펌에 들러 변호사를 선임하기 위해서였다.

검찰청이 위치한 서초동으로 향하는 정진의 승용차는 무척이나 평범했다.

헌터들은 많은 수익을 얻는 만큼 씀씀이도 커 웬만해서는 외제 스포츠카나 유명 브랜드의 SUV 차량을 선호했다.

하지만 정진은 어려서부터 어려운 가정 형편 때문에 항상 절약하던 것이 몸에 배어 여유가 있음에도 국산 차를 구입했다.

어차피 차라는 것은 정진에게 있어 그저 편한 운송 수단일 뿐이기에 굳이 비싼 외제 차를 구입할 필요를 느끼지 못한 것이다.

끼익!

그리 길지 않은 운전으로 이&정 법무법인에 도착한 정진은 차를 주차시키고 바로 건물 안으로 들어갔다.

"어떻게 오셨습니까?"

로비 안으로 들어서기 무섭게 한 직원이 다가와 정진을 맞이했다.

"예, 어제저녁에 예약을 한 정정진이라고 합니다."

정진은 미리 예약해 두길 잘했다고 생각하며 자신의 이름을 밝혔다.

"아, 정정진 헌터님이시군요. 2층으로 올라가시면 헌터 관련 업무를 담당하시는 이세진 변호사님이 기다리고 계십니다."

안내를 맡은 직원은 친절하게 웃으며 정진을 안내했다.

"감사합니다."

정진은 가볍게 인사하고는 계단으로 향했다.

2층에 도착한 정진은 조금 전 직원이 알려준 이세진 변호사의 사무실을 찾았다.

"여기군."

똑똑.

"들어오세요."

방 안에서 차분한 음성의 목소리가 들려오자 정진은 새삼 마음을 굳게 다잡으며 문을 열었다.

"실례합니다."

"어서 오십시오. 이쪽으로 앉으시죠."

방 안에는 차분한 목소리만큼이나 말끔하게 정돈된 외모의 남자가 있었다.

아마도 그가 이세진 변호사인 듯했다.

그는 정진이 들어오자 사무실 한쪽에 마련된 소파로 안내했다.

"차나 음료는 어떤 것으로 하시겠습니까?"

"아, 커피가 있으면 부탁드리겠습니다."

"예, 알겠습니다."

띠!

"여기 커피 두 잔 부탁해요."

인터폰으로 지시를 내린 이세진은 정진과 마주 앉았다.

"그래, 어떤 문제로 절 찾아오셨습니까?"

"예. 다름이 아니라 제가 얼마 전에 던전 탐사를 다녀왔는데, 당시 던전 탐사를 주도한 클랜에서 저에게 절도 혐의로 고소를 하였습니다."

정진은 우선 자신이 처한 상황에 대해 입을 열었다.

아직 자세한 내용을 모르기에 자신이 아는 범위에 한해서라도 최대한 전달했다.

"그러니까, 의뢰인의 말씀은······."

똑똑.

막 이세진이 말을 하려던 때, 밖에서 노크 소리가 들려왔다.

딸깍.

단발머리의 단아한 외모. 약간 앳되어 보이는 여직원이 모습을 드러냈다.

아마도 이세진 변호사의 비서인 듯 보였다.

그녀는 조용히 커피 잔을 테이블에 내려놓고는 다시 밖으로 나갔다.

정진과 이세진 변호사의 대화에 방해가 되지 않으려는 행동이었다.

여비서가 나가자 이세진 변호사는 다시 이야기를 시작했다.

"의뢰인께서는 당시 일꾼으로 계약을 맺은 후 던전 탐사에 참여를 하였다 하셨죠. 그리고 계약 기간 동안 매일 던전 출입 과정에서 소지품 검사를 받으셨고요?"

"예, 맞습니다. 당시 노태 클랜의 책임자는 일꾼들뿐만 아니라 던전을 출입한 모든 인원에 대해 검사를 철저히 했습니다. 그리고 마지막으로 탐사에 들어갔을 때 제가 챙긴 것이라고는 미 탐사 지역에 들어갈 인원들의 식량과 소량의 LED 램프뿐이었습니다."

자신의 무고를 알리기 위해 정진은 보다 자세한 내용을 들려주었다.

당시 자신이 어떤 상황이었는지 설명을 하면서 하나하나 짚어보니 자세한 기억이 났다.

비록 한 달 전 일이지만, 마치 어제 일처럼 또렷하게 떠오른 것이다.

"잘 알겠습니다. 그럼 다시 한 번 의뢰 내용을 점검하겠습니다."

이세진은 이야기를 모두 듣고 자신이 이해한 의뢰 내용을 다시 한 번 정리해 정진에게 들려주었다.

혹시라도 자신이 잘못 이해한 것이 있는지 알아보기 위해 확인 차원에서 점검하는 것이었다.

정진은 똑 부러지게 행동하는 이세진 변호사의 태도에 자신이 제대로 찾아왔다는 확신을 얻었다.

이름난 곳이라 그런지 하나하나 체계적으로 짚어 나가는

것이 신뢰를 준 것이다.

　변호사 계약을 마치고 곧바로 이동한 정진은 한결 가벼운 마음으로 검찰청에 도착했다.

　차에서 내리는 정진을 먼저 도착한 이세진이 맞았다.

　"안으로 들어가시지요. 아까 전에도 말씀드렸다시피 검찰이 하는 이야기 중 불리하거나 이해하지 못한 부분에 대해선 바로 대답을 하지 마시고 저에게 물어봐 주시기 바랍니다."

　다시 한 번 주의를 주는 이세진 변호사의 말에 정진은 고개를 끄덕였다.

　"알겠습니다."

　검찰청 로비 안으로 들어서자 이세진이 익숙하게 안내 데스크를 찾았다.

　"아티팩트 도난 사건 때문에 금일 오후 한 시까지 출두를 하라고 들었는데, 누굴 찾아가면 됩니까?"

　검찰 직원은 컴퓨터를 두드려 기록을 찾아보더니, 이내 대답을 해주었다.

　"4층 특수 수사부 이검안 검사님을 찾아가시면 됩니다."

　"이검안 검사… 네, 알겠습니다."

이세진 변호사는 정진과 함께 엘리베이터로 향하며 조용히 말을 꺼냈다.

"상대가 좀 좋지 않군요. 아무래도 고소인 쪽에서 많은 준비를 해둔 것 같습니다."

"이검안 검사라는 사람에게 무슨 문제라도 있습니까?"

"예. 이쪽에서 좀 유명합니다. 헌터 클랜의 로비를 받고 그들에게 유리하게 증거를 조작한 적도 있는 사람입니다."

이세진 변호사는 살짝 걱정스러운 표정으로 말을 해주었다.

정진은 어처구니가 없었다.

검사가 사건의 진위를 위해 증거를 수집하는 것이 아니라 임의로 조작을 한다는 말이 도저히 믿기지 않은 것이다.

"아니, 그런데 어떻게 지금까지 자리를 보전할 수가 있죠? 그런 사실이 드러났다면 징계가 내려져야 하는 것 아닌가요?"

"뭐, 부끄러운 말이지만, 검찰 내부에서 제 식구 감싸기를 한 거죠. 문제가 불거지면 감봉이나 경고 조치 정도의 보여주기 식으로 경징계를 내리고 사건을 덮는 것이죠."

이세진 변호사은 검사 출신이라 어느 정도 검찰의 생리에 대해 알고 있었다.

정진은 그의 말에 고개를 내저었다.

"이거, 정신 바짝 차려야겠군요."

"그래야죠. 방금 전에도 말씀드렸듯이 무심코 내뱉은 말 한마디가 불리하게 작용할지 모르니 검사가 물으면 저를 통해 답변을 하시는 것이 가장 좋습니다."

"예, 그렇게 하겠습니다."

정진은 이세진 변호사의 말에 긴장하며 발걸음을 옮겼다.

이검안 검사의 방은 아무런 장식도 없고 한가운데 테이블 하나와 철제 의자 몇 개만이 덩그러니 놓여 있었다.

"앉으시죠."

"예."

정진은 자신을 향해 자리를 권하는 이검안 검사를 보며 살짝 미간을 찌푸렸다.

담당 검사인 그의 첫인상은 듣던 대로 그리 좋지 못했다.

창백한 피부에 얇은 입술, 그리고 좁은 하관이 무척이나 신경질적인 성격임을 대변해 주고 있었다.

뿐만 아니라 쌍꺼풀이 없는 눈과 높이 솟은 광대는 그의 인상을 더욱 날카롭게 만들었다.

"노태 클랜에서 제기한 아티팩트 도난 사건을 담당하게

된 이검안 검사입니다. 정정진 씨 맞으시죠?"

이검안 검사는 사무적인 말투로 질문을 시작하였다.

"예, 맞습니다. 그리고 이쪽은……."

"반갑습니다. 정정진 씨의 변호사인 이세진 변호사입니다."

이세진은 자신의 명함을 이검안 검사에게 내밀었다.

이&정 로고가 박힌 명함을 받아 든 이검안 검사의 표정이 잠깐 구겨졌다.

"그런데 도대체 노태 클랜에서 제가 어떤 물건을 훔쳤다고 하는 것입니까?"

정진은 너무도 궁금하고 억울한 탓에 이세진과 조금 전에 의논을 했던 것도 잊고 단도직입적으로 물었다.

이세진은 어처구니없다는 듯 잠시 정진의 얼굴을 돌아보았지만, 당장은 아무런 말을 하지 않고 지켜보았다.

방금 전 정진이 한 말속에 딱히 불리한 내용이 들어 있지는 않았기 때문이다.

"뭐, 일단 조사를 하다 보면 나오겠죠."

이검안 검사는 노트북을 두드리며 심드렁하게 중얼거렸다.

하지만 그 말속에서 빈틈을 찾아낸 이세진이 나서서 단호하게 되물었다.

"아니, 지금 그게 무슨 소립니까? 제 의뢰인은 현재 자신이 무엇 때문에 절도범으로 몰렸는지 이해하지 못하고 있습니다. 그러니 검사님께서는 어떤 문제로 제 의뢰인이 노태 클랜으로부터 고소를 당했는지 설명을 해주시기 바랍니다."

자신이 나서야 할 순간을 놓치지 않고 검사를 향해 당당하게 주장하는 이세진의 모습을 본 정진은 안도감을 느꼈다.

비록 죄를 짓지는 않았지만, 처음 당해보는 난처한 상황과 대기업을 상대한다는 부담스러운 처지에 괜히 위축이 되고 있었는데, 옆에 자신의 편이 있다는 생각에 의지가 되었다.

이세진 변호사의 말에 안도감을 느끼는 정진과 달리 사건의 담당 검사인 이검안은 뭔가 자신의 생각과 다르게 흘러갈 것만 같은 느낌에 가슴이 답답해져 왔다.

그런 탓인지 이검안은 목을 조이고 있는 넥타이를 당겨조금 느슨하게 풀었다.

"후, 죄송합니다. 어디까지 말했죠?"

"아직 이야기하지 않으셨습니다. 제 질문에 답을 해주시기 바랍니다. 제 의뢰인께서 어떤 혐의로 조사를 받는 것인지 구체적으로 답변해 주시기 바랍니다."

다시 한 번 이세진 변호사가 또박또박 질문했다.

결국 이검안 검사는 한숨을 쉬며 대답을 할 수밖에 없었다.

"그러니까 지금으로부터 두 달 전, 피의자인 정정진 씨는 고소인인 노태 클랜이 실시하는 던전 탐사……."

이검안은 노태 클랜이 정진을 고소한 내용을 읽어 내려갔다.

가만히 이검안의 이야기를 듣고 있던 정진은 입꼬리를 올리며 냉소를 지었다.

상대가 억지를 부리고 있다는 것이 빤히 보인 것이다.

"그 말은 지금 제 의뢰인이 어떤 물건을 훔쳤는지도 모르면서 고소를 했다는 말씀이십니까?"

정진이 뭐라 말을 하기도 전에 이세진이 먼저 나서서 질문을 하였다.

"고소인 측에서는 던전 탐사를 마치고 복귀하던 중 몬스터의 습격 때문에 자료가 많이 분실되어 정확한 자료를 구하기 위해선 조금 시일이 걸린다고 하였습니다. 다만, 아무런 능력도 없는, 그저 일반인에 불과하던 피고가 실종되었다가 복귀하면서 10억 원에 달하는 마정석을 가지고 왔다는 정보를 들었을 때 어떤 생각이 들겠습니까?"

이검안 검사는 마치 당연한 추론이라는 듯 말을 하였다.

하지만 이야기를 들을수록 정진과 이세진은 어이가 없었다.

"그건 노태 클랜의 일방적인 짐작일 뿐이지 않습니까? 대한민국은 법정증거주의를 채택하고 있습니다. 그런데 그 무슨 전근대적인 법률 해석이란 말씀이십니까?"

이세진 변호사는 아무런 증거도 없이 단순 짐작만으로 고소를 한 노태 클랜과 무리한 고소를 받아준 검찰의 처사에 항변하였다.

하지만 이검안도 그냥 물러나지는 않았다.

그는 상식을 들먹이며 부실한 고소장을 접수 받은 것을 합리화시키려 애썼다.

"아니, 상식적으로 생각을 해보세요. 일반인이 실종된 지 한 달 만에 엄청난 능력… 그래, 슈퍼맨이 되어 돌아왔다고 하면 믿겠습니까?"

"지금 상식이라고 하셨습니까? 그건 오히려 제가 묻고 싶은 말입니다. 어떤 물건을 잃어버린 것인지도 파악하지 못했으면서 제 의뢰인이 물건을 훔쳤다고 몰아붙이는 것이 상식적으로 맞는 얘기입니까? 더 이상 이곳에 있을 필요가 없습니다. 그만 일어나시지요."

이세진은 더 볼 것도 없다는 듯 정진에게 말하고는 자리에서 일어났다.

정진은 이세진의 거침없는 언변에 담당 검사가 당황하고 있는 모습을 보며 속으로 웃었다.

"알겠습니다, 변호사님. 그런데 이런 경우 오히려 제가 무고죄로 고소를 할 수 있지 않습니까?"

정진은 이미 이세진의 당당한 태도를 통해 자신이 이번 고소 건에 대해 유리하다는 확신을 얻었다.

정진이 들은 바에 의하면, 변호사는 100% 승리할 자신이 없으면 담당 검사에게 절대 강하게 어필을 하지 않는다고 들었다.

될 수 있으면 실수를 유도하기 위해 검사를 정신없게 하는 것에 주력할 뿐, 어지간해서는 검사를 몰아붙이지 않는다는 것이었다.

그리고 법에 대해 잘 모르는 정진이 보기에도 고소장은 너무도 엉성해 보였다.

마치 어린아이가 떼를 쓰는 듯한 고소장을 확인한 정진은 자신을 고소한 노태 클랜이나 검찰 모두 우습게 느껴질 뿐이었다.

그날 밤, 강남의 고급 클럽 특실에서는 두 명의 사내가 무거운 분위기 속에서 술을 마시고 있었다.

"야, 최성규! 넌 대체 어떻게 된 놈이야! 이딴 걸 고소장이라고 접수해서 날 이렇게 물 먹이는 거냐고!"

두 사람의 정체는 다름 아닌, 노태 클랜의 비서실장 최성규와 이검안 검사였다.

원칙적으로 담당 검사는 고소인이나 피고인을 사적인 자리에서 만나면 안 되지만, 지금 두 사람은 그런 절차 따위는 전혀 신경 쓰지 않고 있었다.

사람들의 눈을 피해 은밀한 장소에서 가진 만남이기에 이검안의 태도는 거침이 없었다.

최성규로서도 당황스럽기 그지없는 일이었다.

자신의 대학 동기인 이검안에게 청탁을 넣어 무리하게 고소를 진행하긴 했지만, 노태 클랜이라는 든든한 뒷배를 믿었기에 어려움이 있을 거라고는 상상조차 하지 않았다.

그랬기에 이검안에게 치사도 할 겸 접대를 위해 고급 클럽으로 부른 것이었다.

한데 이검안의 반응은 자신이 기대하던 바와는 전혀 달랐다.

이번 건만 잘 해결되면 사장인 노인태에게 확실하게 눈도장을 찍을 수 있는데, 초반부터 분위기가 심상치 않았다.

"왜? 그놈이 인정을 하지 않아?"

"내가 전에 그랬지, 고소장에 빈틈이 너무 많다고."

"그랬지. 하지만 너도 가능할 거라며?"

"그건 의심만으로도 일단 고소 접수는 가능하다는 말이었지. 그리고 네가 증거 자료를 찾아서 주겠다며!"

두 사람의 대화는 조금씩 언성이 높아지기 시작했다.

하지만 부탁을 하는 입장에서, 게다가 대한민국 검사를 상대로 계속해서 언성을 높여봐야 손해일 뿐이라는 것을 잘 알고 있는 최성규는 얼른 꼬리를 내렸다.

그러고는 술기운 때문에 한껏 달아오른 이검안의 안색을 살피며 말을 돌렸다.

"그래, 그건 넘어가자고. 일단 그놈이 잘못을 인정하지 않는다면 어떻게 되는 거야?"

"뭘 어떻게 돼. 이&정에 의뢰를 했다면 사건은 이미 물 건너간 것이지."

말을 하면서도 이검안은 뭐가 그리 마음에 들지 않는 것인지 테이블 위에 놓인 술잔을 거칠게 들이켰다.

"크, 젠장, 쓰군."

한 병에 1,500만 원짜리 고급 양주를 들이켜면서도 이 검안은 술이 무척이나 쓰게 느껴졌다.

대학 동기인 최성규의 부탁인데다 대한민국 유수의 노태 클랜에서 벌이는 일이니 늦게라도 증거를 가져올 것이라 생각하여 무심코 허술한 고소장을 접수해 주었다.

땅 짚고 헤엄치는 것이나 마찬가지로 손쉽게 승소할 것이라 여겼다.

그런데 별거 없는 무지렁이라 여긴 피고인이 대한민국에서도 손에 꼽히는 로펌에 변호를 의뢰한 것이다.

더욱이 담당 변호사는 자신과 악연이 있는 이세진이었다.

재판 승률이 높은 편인 이검안도 이세진과 붙으면 지기 일쑤였다.

사실 일반 재판에서는 검사와 변호사 간의 재판 결과가 비슷한 양상을 보이지만, 헌터 관련 범죄에 대한 승소율은 검사 쪽이 좀 더 높았다.

그도 그럴 것이, 대부분 헌터와 헌터 클랜 간의 분쟁이 주를 이루는데, 현대의 재판은 대부분 자본이 많은 쪽이 유리하다.

판사나 검사가 돈을 받고 판결을 내려서가 아니라, 자본이 많으면 그만큼 재판에 대한 준비를 철저히 할 수 있기 때문이다.

그렇기에 이검안도 이번 사건이 쉽게 흘러갈 거라 예상했는데, 뜻하지 않게 상대가 거물급 변호사를 선임하고 나타났다.

그 때문에 지금 이검안의 내심은 무척이나 복잡했다.

"그렇지 않아도 네가 준비하라던 자료 찾아냈다. 여기."

최성규는 가방에서 서류 봉투 하나를 꺼내 테이블 위에 올렸다.

잠시 응시하던 이검안은 서류 봉투를 들어 내용물을 살펴보았다.

"흠, 여기 붉게 표시한 것들이 노태 클랜에서 도난을 당한 물건이란 말이지?"

"그래, 확실해. 많은 자료가 분실되기는 했지만, 클랜으로 복귀한 헌터와 연구원들의 증언을 토대로 작성한 거야. 분명 그것들 중 몇 개를 그놈이 훔쳐간 것이 확실해."

최성규가 내민 서류에는 상당한 숫자의 아티팩트가 나열되어 있는데, 그중 몇몇 이름에는 붉은 글씨로 'LOSS'라는 글씨가 찍혀 있었다.

천천히 목록을 살펴본 이검안은 그중 몇 개만 있다면 충분히 최성규의 말대로 몬스터의 위협으로부터 무사히 복귀를 할 수 있을 것이란 생각이 들었다.

헌터 범죄를 담당하게 되면서 헌터와 관련해 공부를 한 그는 뉴 어스의 던전에서 발굴되는 아티팩트에 대해서도 많이 알게 되었다.

사실 이검안이 담당하는 헌터 관련 범죄의 99%가 아티팩트 때문에 벌어진 것이기에 공부를 하지 않을 수 없었다.

"이거 확실한 거지? 혹시 내가 모르는 뭔가가 누락되거나 임의로 조작한 것은 아니지?"

고소인 측의 주장만 믿고 재판을 진행했다가 증거 조작이 발각되면 후폭풍은 그야말로 엄청났다.

단순히 재판에서 지는 것으로 끝나는 것이 아니었다.

노태 클랜이야 자료가 분실된 것이 많아 착각했다 말하며 상대에게 적절한 보상을 하면 끝이지만, 이검안은 아니었다.

그는 부장검사, 차장검사, 그리고 고검장을 지나 검찰의 최고봉인 검찰총장을 목표로 하고 있었다.

그런데 청탁을 받아 무고한 소송을 재판까지 끌고 가 패소한다면 인사고과에 치명적인 피해를 입게 된다.

그러니 혹여 발생할지 모르는 피해에 대해 철저히 확인을 하려는 것이었다.

"아니, 확실하다. 야, 이 검사, 너도 상식적으로 생각을 해봐라."

최성규는 전에 자신이 노인태에게 설명했던, 그럴싸한 내용의 이야기를 다시 한 번 이검안에게 늘어놓았다.

"무려 30년이다. 게이트가 각국에 발생하고 몬스터를 상대한 것이 무려 30년이란 말이야. 그런데 그동안 어느 곳에서든 이계인을 만났다는 이야기 들어본 적 있냐?"

최성규는 정진이 헌터 협회에 출석하여 했던 증언들을 반박하며 말했다.

"게다가 이계인을 만났다고 쳐도 말이 안 돼. 어떻게 한 달도 되지 않는 시간에 그 많은 몬스터를 잡아 10억 원이 넘는 마정석을 가져올 수 있겠냐고. 네가 알고 있는지는 모르겠지만, 몬스터를 잡는다고 해서 마정석을 얻는 것은 아니야."

"그래? 몬스터를 잡으면 나오는 것이 아니야?"

"그게 바로 보통 사람들이 착각하는 거야. 모든 몬스터가 마정석을 가지고 있다면 그렇게 비싸게 팔리겠냐?"

"음······."

이검안은 고개를 끄덕이며 최성규의 말에 동의했다.

마음이 흔들리는 듯한 이검안의 반응에 최성규는 계속해

서 자신의 생각을 주장했다.

"그런 것까지 종합해서 생각해 보면 그놈은 지금 우리 클랜에서 발굴한 아티팩트를 빼돌려 사냥을 하고 있는 것이 분명해."

"네 말을 들어보니 그게 맞는 것 같군. 모든 몬스터가 마정석을 가지고 있지 않다면 그 짧은 시간에 그만큼의 마정석을 구한다는 것은 말도 안 되는 일이지. 그것도 위험한 이계의 정글을 빠져나오면서 혼자서 사냥을 했다는 것은 불가능해."

결국 최성규의 말에 현혹된 이검안도 그의 말에 동조하고 나섰다.

"이런 범죄자는 범의 심판은 물론이고, 사회에서 격리를 시켜야 해."

"맞아. 내가 꼭 그렇게 만들겠어."

이검안은 최성규의 선동에 완전히 넘어가 주먹까지 불끈 쥐어 보이며 결의를 다졌다.

Chapter 3

접수된 고소장

일요일 아침.

정진은 집에서 편하게 쉬고 있다가 이세진 변호사로부터 전화를 받고 서둘러 그의 사무실로 나왔다.

간단하게 해결될 것처럼 보이던 사건이 예상과 다르게 정식으로 고소장이 접수되고, 담당 검사에게서 또다시 영장이 떨어졌다는 내용이었다.

그로 인해 대책을 세우기 위해 이세진은 급하게 정진을 찾았다.

도저히 받아들이기 어려운 일이지만, 일단 공식적으로 접수가 되었기에 재판까지 가야 했다.

더욱이 이해가 안 되는 것은 정진을 압박하기 위해서인지 검찰이 구속 수사를 진행하고 있다는 점이었다.

현행범도 아니고 구체적인 증거도 없는 상황에서 심증만 가지고 구속 수사를 한다는 것은 말도 안 되는 일이다.

그랬기에 영장이 떨어졌을 때, 담당 변호사인 이세진은 법원에 이의신청을 하고 강력하게 항의했다.

그러면서 헌터 협회에도 검찰의 부당 수사에 대해 알렸다.

정진이 헌터 신분이니 헌터 협회에서도 그냥 넘어가지 않으리라는 판단에서였다.

당연하게도 헌터 협회의 전기수 회장은 부당한 검찰의 행태에 공식적으로 항의했다.

아직 범인이란 증거도 없는 상태에서 구속 수사를 한다는 것은 민주주의 국가인 대한민국에서 있을 수 없는 일이고, 그와 같은 헌터에 대한 부당한 대우를 해결하기 위해 협회가 있는 것이니 당연한 일이었다.

결국 무리한 구속 수사를 진행하려던 이검안 검사와 로비를 받고 영장을 내준 판사는 주의를 받았다.

다만, 그 일로 인해 정진의 계획은 많은 부분 수정을 해야만 했다.

일주일 간격으로 뉴 어스에서 몬스터를 사냥하며 마법 수련을 위한 재료를 채집하려던 계획이 노태 클랜의 고소로 인해 틀어졌다.

재판이 끝날 때까지 게이트를 이용할 수 없게 된 탓이었다.

이는 도주의 우려가 있다는 검찰의 주장을 법원에서 받아들였기 때문이다.

실제로도 범죄를 저지르고 뉴 어스로 도망친 사례가 있기에 어쩔 수 없는 일이었다.

비록 뉴 어스가 위험한 곳이기는 하지만, 작정하고 숨는다면 찾을 길이 없었다.

그 때문에 정진은 물론이고, 팀 아케인의 행보에도 제동이 걸렸다.

"아니, 이게 어떻게 된 일입니까?"

"저도 법원이 어떻게 그런 고소장을 정식으로 접수해 주었는지 이해할 수 없습니다. 아무래도 노태 클랜에서 법원 쪽에 상당한 로비를 한 것 같습니다."

이세진 변호사가 인상을 찡그리며 대답했다.

사실 그도 일이 이렇게 진행될 줄은 전혀 예상하지 못했다.

다만, 급하게 진행되는 검찰의 움직임에 뭔가 문제가 생겼다는 것을 알아채고 얼른 헌터 협회에 협조를 구해 구속 수사를 받는 것만은 면하게 되었다.

만약 이세진 변호사가 손쓰는 것이 조금만 늦었어도 정진은 구속되어 수사를 받았을 것이다.

아무리 노태 클랜에서 자료를 보강해 재접수를 했다지만, 이렇게 빠르게 수사가 이뤄지는 것은 결코 정상적인 진행이 아니었다.

이세진 변호사는 아무래도 이번 사건에 모종의 흑막이 있을 거라는 생각이 들었다.

사실 담당하는 판사가 노태 클랜과 연관이 있거나, 헌터 자체에 반감을 가지고 있는 인물일지도 모를 일이었다.

때문에 이세진 변호사는 가볍게 생각한 처음과 다르게 이번 재판이 결코 순조롭게 진행되지 않을 것 같다는 예감이 들었다.

"아무래도 저쪽에서 정상적으로 재판을 진행하지는 않을 것 같습니다."

정진은 살짝 미간을 찡그렸다.

앞으로 해야 할 것들이 너무도 많은데, 자신의 행보를 방해하는 노태 클랜의 행태가 너무도 마음에 들지 않았다.

더욱이 무슨 이유로 자신을 몰아세우는 것인지 도무지 이해할 수가 없었다.

"전 무고합니다. 저들의 주장은 듣기에는 그럴듯하지만, 조금만 내용을 들여다보면 얼마나 허점이 많은지 알 수 있을 것입니다."

정진은 분개한 표정으로 노태 클랜이 고소한 내용에 대해 하나하나 반박했다.

"제가 무사히 뉴 어스의 정글을 빠져나온 것이 자신들이 발굴한 아티팩트를 훔쳐 그런 것이라고 하는데, 생각을 해보십시오. 던전 발굴을 주도하던 학자들도 형태에 따라 분류만 했던 물건입니다. 아티팩트를 전문으로 공부하고 연구하는 학자들도 그러한데, 일개 일꾼이었던 제가 어떻게 그런 아티팩트만 골라서 훔칠 수 있었겠습니까? 그리고……."

정진은 자신이 정글을 빠져나올 수 있던 이유를 설명하기 위해 마법에 대해 말을 꺼냈다.

"마법이란 학문은 과학으로 재단할 수 있는 것이 아닙니다. 일부 현상에 대해 설명할 수는 있겠지만, 그것을 과학적으로 증명할 수는 없습니다."

정진은 이세진의 이해를 돕기 위해 살짝 마법을 시범을

보여주기도 했다.

이세진은 놀라서 한동안 말을 할 수가 없었다.

두 눈으로 직접 보면서도 마법이라는 것을 좀체 믿을 수가 없었다.

하지만 앞으로의 미래에 커다란 변화가 이루어지리라 직감적으로 알아차릴 수 있었다.

'헌터 협회장은 의뢰인의 이런 능력을 알고 있었기에 협조 요청을 받아 들였던 것이로군.'

사실 정진이 마법을 사용할 수 있음을 알고 있는 사람은 얼마 되지 않고, 또 전기수 회장은 그에 속하지 못한 처지였다.

전기수 회장은 그저 이기동 부장을 통해 정진이 특별한 능력을 가지고 있다고만 알고 있었다.

"예, 잘 알겠습니다. 혹시 정진 씨의 말씀을 증언해 줄 증인은 있으십니까?"

조금 전 마법 시연까지 보았기에 이제 그는 정진을 완전히 신뢰하고 있었다.

하지만 자신의 믿음과는 달리 법정에서는 확실한 증인이나 증거가 필요했다.

"제가 속한 헌팅 팀에 당시 함께 던전 발굴에 참여했던

분이 계십니다. 그런데 중간에 제가 팀에서 떨어져 나오게 되어 그 뒤에는 어떻게 되었는지 모르겠지만요."

"잘되었군요. 그럼 그분 말고 또 뭔가 증거가 될 만한 자료는 없습니까?"

"음……."

"잘 생각해 보십시오. 작은 것이라도 괜찮습니다."

이세진의 말에 정진은 다시 처음부터 자신의 행적을 곱씹어보며 곰곰이 기억을 떠올려 보았다.

"아, 혹시 헌터 협회에 자료가 남아 있지 않을까요?"

"헌터 협회요?"

"예. 던전 탐사나 발굴을 할 때, 모든 인원이 당시의 상황을 녹화할 수 있게 바디 캠을 의무적으로 착용하게 되어 있습니다. 그리고 그것을 복귀한 후에 제출해야 합니다. 헌터 협회에서 영상을 분석해 세금을 책정하는 데 자료로 사용해야 하니까요."

"아, 맞아. 그것이 있었군요. 변호사인 제가 가장 먼저 그것을 확인을 했어야 하는데, 제가 그만 놓치고 있었군요."

이세진은 무릎을 치며 눈을 빛냈다.

물론 이세진도 처음 의뢰를 수락했을 때 그것을 생각하지 못한 것은 아니었다.

다만, 검찰에서 날아온 고소장이 너무도 엉성하게 작성되어 있었기에 그것을 반박하기만 하면 사건이 끝날 것이라 생각해 그만 잊고 있던 것이었다.

하지만 노태 클랜에서 어떻게 손을 쓴 것인지 자신이 제출한 이의신청은 받아들여지지 않고 검찰이 작성한 영장이 바로 승인되었다.

그 때문에 당황하여 그 사실을 미처 떠올리지 못한 것이었다.

"전 바로 헌터 협회에 공문을 보내 자료를 확인해 보겠습니다. 혹시라도 더 생각나는 것이 있으시면 또 연락 주십시오."

"알겠습니다. 그럼 수고 부탁드립니다."

정진은 인사를 하고는 사무실을 나왔다.

로펌 건물 밖으로 나온 정진은 푸른 하늘을 올려다보며 조금 전 이세진 변호사에게서 들은 이야기들을 곱씹었다.

"그렇게 나온단 말이지? 좋아, 너희가 그렇게 나온다면 나도 더는 참지 않겠다. 무고한 사람을 몰아세우면 너희가 역으로 당할 수 있음을 깨닫게 해주겠다."

자신에게 죄를 뒤집어씌운 노태 클랜.

부당하다는 것을 알면서도 그에 협조하는 검찰.

분명 그들은 더러운 뒷거래를 통해 손을 잡고 있을 것이다.

정진은 그들에게 어떻게 벌을 줄 것인지 궁리를 하였다.

그러자 많은 것들이 머릿속에 떠오르기 시작했다.

"그런 것이라면 걱정하지 마라. 이번에 벌어들인 수익도 상당하니 재판이 끝날 때까지 몬스터 사냥을 가지 않아도 충분하다. 아니, 솔직히 너와 타라칸 덕분에 몇 달은 사냥하지 않아도 될 만큼 거액을 벌었으니 미안해할 필요 전혀 없다. 우리 도움이 필요하면 언제라도 말해라."

이정진은 자신의 사정 때문에 사냥을 가지 못하게 되어 사과하는 정진에게 호탕하게 이야기했다.

솔직히 아쉽지 않다면 거짓말일 것이다.

뉴 어스의 정글에서 우연히 만나 함께 생환하는 과정에서 정진과 타라칸의 능력을 보며 자신의 두 눈을 의심하지 않았던가.

정진과 함께하면 그야말로 대박일 거라 생각은 했었다.

그랬기에 정진이 함께 몬스터 헌팅 팀을 만들자고 제안했을 때 무척이나 반가웠다.

더욱이 실제 정진과 팀을 꾸려 얻어낸 성과는 그런 예상을 훨씬 뛰어넘는 것이었다.

처음 트롤을 유인하여 사냥했을 때에는 너무도 쉽게 일이 마무리되어 기가 막혀 말조차 하지 못할 지경이었다.

솔직히 아머드 기어 없이 중급 몬스터를 쉽게 잡을 수 있을 거라고는 예상하지 못했다.

정진이 타라칸이라면 중급 몬스터도 충분히 잡을 수 있다고 말을 했을 때도 알겠다고 대답은 했지만 은근히 걱정을 했다.

몬스터 헌팅 경험이 풍부한 이정진은 트롤이라는 몬스터가 덩치만 보고 상대할 수 있는 존재가 아니란 걸 알고 있었다.

더욱이 트롤은 간단한 도구도 사용할 정도로 지능이 있기에 상대하기가 상당히 까다로웠다.

그런데 막상 트롤을 손쉽게 사냥하게 되자 그간의 걱정이 허무할 정도였다.

팀 아케인이 한 것이라고는 함정에 빠진 트롤에게 그물이나 던지고, 크로스 보우를 쏴서 마비시킨 후 목을 베는 게 전부였다.

그나마도 정진이 간간이 마법을 쏘아 트롤의 발버둥을 잠재워 주었기에 위험할 일이 전혀 없었다.

솔직히 정진과 타라칸이 사냥의 99퍼센트를 담당한 것이나 다름없었다.

게다가 다른 팀원들은 아직 잘 모르고 있지만, 이정진은 타라칸이 어떤 존재인지 정진에게 들어 알고 있었다.

노태 클랜에 고용되어 흰머리산 던전으로 향하던 당시, 아머드 기어 네 기와 막상막하로 싸우던 자이언트 트롤 부아칸.

부아칸의 등장은 노태 클랜으로서도 정말이지 놀라지 않을 수가 없었다.

고작 중급 몬스터 한 마리가 아머드 기어 네 기에 전혀 밀리지 않는다는 것은 충격적인 일이었다.

한데 타라칸은 그랬던 부아칸과 영원의 숲의 패권을 두고 경쟁을 하던 존재라 했다.

게다가 정진의 가디언이 되면서 더욱 능력이 성장했다고 하니, 일반적인 트롤은 그야말로 한 끼 식사거리일 뿐이었다.

어쨌든 두 존재의 도움으로 트롤 사냥은 대성공을 거뒀다.

더욱이 잡은 트롤들의 부산물들도 상태가 매우 좋아 높은 가격으로 거래를 마칠 수 있었다.

팀 공동 자금 외에도 개인당 3억 원 이상씩 돌아갔기에 한동안 사냥을 하지 않더라도 충분히 여유가 있었다.

이 모든 일이 정진 없이는 절대 불가능했을 테니, 사과를 받기는커녕 거꾸로 감사를 표해야 할 처지였다.

"말만이라도 고마워요. 그렇지 않아도 담당 변호사가 어쩌면 형님과 지웅 형님이 증언을 해야 할지도 모른다고 하더라고요."

"그래? 알았다. 내 증언이 필요하면 언제라도 불러라. 지웅아, 너도 나랑 같이 정진이 재판에 증인으로 좀 나가자."

이정진은 테이블 한쪽에서 커피를 마시고 있는 김지웅을 돌아보며 말했다.

"아무렴 당연하죠. 그나저나, 노태 클랜 놈들은 그때도 느꼈지만 정말 양아치네요. 정진아, 걱정하지 마라. 나도 증인으로 나갈 테니."

"고마워요."

정진은 자신에게 힘을 실어주는 두 사람의 말에 눈물이 핑 돌았다.

얼마 전까지만 해도 정말이지 앞날이 막막했다.

직장에서 잘리고 나서 어떻게 해야 할지 그야말로 대책이 전혀 없었다.

그러던 중 보수에 혹해 던전 발굴 업무에 일꾼으로 참여한 것이 인생의 터닝 포인트가 되어주었다.

이어 여러 우여곡절을 겪으며 지금은 이렇게 좋은 인연을 만들 수 있었다.

자신의 일처럼 나서서 도움을 주겠다는 사람들을 보자 정말이지 그동안 고생해 온 과거를 모두 보상 받는 것만 같았다.

전에는 스승인 젝토르와 제라드를 만나 마법을 배운 것이 인생의 가장 큰 행운이라고 생각했는데, 지금 생각하니 지금 이 순간 역시 행복이고 그간 고생에 대한 보상이란 생각이 들었다.

"다들 이번 사냥으로 자금에 여유가 생겼으니 정진이의 재판 결과를 지켜보면서 다음 사냥을 어떻게 할 것인지 구상을 해보자. 참, 전에 지웅이가 말했던 그 사람의 일은 어떻게 되었냐?"

정진에 대한 이야기가 어느 정도 마무리되자 이정진은 김지웅을 돌아보며 질문을 던졌다.

"예. 클랜과의 분쟁은 협회에서 조사하는 과정에서 해결이 되었습니다."

"엥? 그게 무슨 소리야? 자세히 말해봐."

이정진은 김지웅의 말에 귀를 기울였다.

그러자 김지웅은 자세한 내용을 털어놓았다.

팀원 모두는 마치 제 일인 양 김지웅의 이야기를 귀담아 들었다.

정진은 그런 팀원들을 새삼 한 명씩 돌아보았다.

그러다 문득 팀원들에게 선물을 해주고 싶다는 생각이 들었다.

자기 일처럼 나서서 도움을 주려고 하는 이정진과 김지웅의 모습에서 진한 감동을 느꼈기 때문이다.

'어떤 것이 좋을까?'

달그락달그락.

수저가 그릇에 부딪치는 작은 소리만이 들릴 뿐, 식당 안은 무척이나 조용하고 엄숙했다.

너무나 무거운 고요함.

탁!

이윽고 상석에 있던 이가 들고 있던 수저를 내려놓았다.

가장인 노태규가 식사를 마치자 다른 가족들도 그제야 안도의 한숨을 몰래 내쉬었다.

질식할 것만 같은 시간이 이제야 끝났다는 해방감에서였다.

"식사가 끝나면 서재로 와라."

노태규는 짤막하게 한마디를 남기곤 자리에서 일어났다.

"잘 먹었습니다."

"저도 잘 먹었습니다."

마치 죄인이라도 된 것 같은 심정으로 조용히 식사를 하던 세 남자가 자리에서 일어났다.

세 남자가 사라지자 식당 안의 분위기가 한결 가벼워졌다.

언제나 이랬다. 한 달에 한 번 있는 가족 간의 식사 자리에서도 노태규는 꼿꼿하기 그지없었다.

다른 가족들은 노태규의 눈치를 보느라 숨조차 제대로 쉴 수 없었다.

노태규 본인도 그런 점을 모르지는 않는지, 식사가 끝나면 곧장 식당을 나가 버렸다.

그런 남편이 이선자는 불만이지만 이제는 그러려니 했다.

노태규에 대한 기대를 접으니 더 이상 식사 시간이 불편하지 않았다.

다만, 노태규의 성격을 닮아가는 자식들의 모습이 적잖이 걱정되었다.

고집불통에 한 번 마음먹은 것은 어떻게든 이루고야 마는 집요한 성격, 남에게 지기 싫어하는 것까지… 남편을 빼닮은 아들들이었다.

문제는 능력이 닮지 못했다는 데에 있었다.

아직까지야 노태규가 정정하니 감히 문제를 제기할 사람들이 없지만, 이후가 걱정이었다.

남편의 이제 적은 나이가 아니었다.

더욱이 일본에는 노태규의 본처와 자식이 있어 더욱 골치가 아팠다.

물론 한국의 정서상 일본 여자에게서 난 자식들이 기업을 물려받는 것은 거의 불가능했다.

그런 이유로 본처의 자식들은 일본에 있는 기업을, 자신의 자식들은 한국에 있는 기업을 물려받기로 이야기가 끝나 있는 상황이었다.

하지만 그것마저도 불안했다. 아들들 간의 사이가 여간 좋지 못하기 때문이다.

거기에 지금은 조용히 식사를 하고 있는 딸도 그에 못지않게 욕심이 많아 호시탐탐 눈치를 보고 있었다.

이선자는 갈수록 심해지는 자식들의 다툼에 애간장이 다

타들어 가는 것 같았다.

"왔으면 앉아라."

노태규는 의자에 앉아 창밖을 보다 인기척이 들리자 말했다.

"예."

짧게 대답을 한 큰아들은 얼른 자신의 자리에 가 앉았다. 그리고 뒤따라 들어온 두 사람도 각자 자리에 앉았다.

노인태까지 소파에 앉는 것을 확인한 노태규는 고개를 돌려 세 아들에게 말을 꺼냈다.

"요즘 건설이 부진하더구나."

낮은 음성이지만 건설을 책임지고 있는 노인규에게는 결코 가벼운 문제가 아니었다.

"그건 한국의 부동산 경기가 포화 상태이기 때문에 어쩔 수가 없습니다. 저희만 그런 것이 아니라 대한민국 건설 전반이 다 그렇습니다."

노태 건설의 사장인 노인규는 이마에 식은땀을 흘리며 변명을 하였다.

물론 그의 말은 그저 변명만은 아니었다.

실제로 대한민국의 부동산 경기는 벌써 몇 년째 제자리걸음을 하고 있었다.

게이트가 열려 몬스터가 튀어 나오면서 반짝 건설 경기가 좋아졌던 적도 있긴 했다.

몬스터들의 갑작스런 등장에 전 지구적으로 혼란이 발생하고, 인명 피해뿐 아니라 게이트 주변이 황폐해졌다.

그로 인해 부서진 건물이나 상가를 재건축하느라 건설 경기가 반짝 살아났던 것이다.

하지만 몇 차례 이어진 몬스터 웨이브 탓에 대한민국 정부는 게이트 주변 일대의 재개발을 중단하고 그대로 방치하는 것으로 방침을 수정했다.

그도 그럴 것이, 주기적으로 벌어지는 대규모 몬스터의 대란으로 인해 복구의 의미가 무색해졌기 때문이다.

뿐만 아니라 게이트 주변은 위험지역이라 인식되면서 입주를 하려는 사람들이 없었다.

그러다 보니 게이트 주변은 파괴된 그대로 방치가 되어버렸다.

"인수는 어떠냐? 너도 인규처럼 아직도 힘드냐?"

노태규는 더 이상 노인규를 추궁하지 않고 이번엔 둘째인 노인수에게 시선을 돌리며 물었다.

"아닙니다. 이번에 미쓰비 중공업으로부터 이전 받은 기술만 숙련된다면 아머드 기어를 자체 생산할 수 있습니다. 그렇게만 된다면 노태 인더스트리는 지금보다 더 커질 것입니다."

자신감 넘치는 노인수의 답변이 마음에 들었는지, 지금까지 무표정이던 것과 다르게 노태규의 입가에 살짝 미소가 걸렸다.

노인수는 그런 아버지의 모습을 놓치지 않고 포착하였다.

노인수는 살짝 고개를 돌려 방금 전 지적을 받은 노인규와 자신의 왼쪽에 있는 노인태를 번갈아 보았다.

그들이 구겨진 인상이 그를 더욱 기쁘게 하였다.

"이번 기술이전으로 인해 오랜 숙원을 이룰 수 있을 것입니다."

자신감이 붙은 노인수는 조심스레 아머드 기어의 자체 기술 개발을 언급했다.

그런 자세가 마음에 들었는지 노태규는 큰소리를 내며 웃었다.

"하하하하! 그렇단 말이지?"

노태규는 둘째 아들의 자신감 넘치는 대답이 맘에 들었다.

사실 노태규에게는 오랜 숙원이 한 가지 있었다.

그것은 바로 현대 산업의 꽃이라 불리는 몬스터 헌팅 사업에서 필수인 아머드 기어를 노태 그룹 내에서 자체 생산을 하는 것이었다.

현재 대몬스터 병기인 아머드 기어를 자체 개발한 나라는 미국과 일본, 그리고 독일뿐이었다.

물론 아머드 기어를 생산하고 있는 나라들은 더 많지만, 그들은 모두 이 세 나라에서 기술을 사들여 로열티를 내고 생산하는 것이었다.

사실 다른 나라들이 기술력이 떨어져 로열티를 내고 생산하는 것은 아니었다.

다만, 핵심이 되는 부속의 기술을 이들 3국이 독점을 하고 있어 어쩔 수 없이 로열티를 내면서 사용하는 것이었다.

제대로 성능을 내기 위해서는 꼭 필요한 기술들이기에 어쩔 수 없는 현실이었다.

젊을 적 노태규는 바로 눈앞에서 몬스터 웨이브를 경험했다.

아내와 쇼핑을 하던 중 갑작스레 몬스터 웨이브가 발생했고, 그로 인해 아내를 잃었다.

열렬히 사랑했던 아내가 몬스터에 의해 비참하게 죽는 순간, 그는 뒤도 돌아보지 않고 도망을 쳤다.

그 기억이 트라우마가 되어 머릿속에 각인이 되었다.

위기 상황에서 사랑하는 아내를 버리고 도망쳤다는 죄책

감과 몬스터에 대한 분노가 한데 뒤섞여 노태규는 몬스터를 찢어발기는 아머드 기어에 열광했다.

이후 그는 어떻게 하면 아머드 기어를 구할 수 있을지 백방으로 수소문을 하였다.

죽은 아내의 복수를 해야 한다는 생각에 아머드 기어를 구하기 위해 엄청나게 노력을 했지만, 당시 아머드 기어는 전략 물자였다.

원래 병기로서 개발된 것이기에 민간인인 노태규가 그것을 구하기는 지난하였다.

그렇게 세월이 지나면서 아머드 기어를 타고 직접 복수를 하는 것이 요원해지자, 이번에는 다른 쪽으로 생각을 하게 되었다.

그것이 바로 아머드 기어를 자신이 운영하는 그룹에서 생산하는 것이었다.

하지만 아무리 세월이 지나 보안 등급이 낮아졌다고는 해도 아머드 기어는 국가에서 관리를 할 정도로 중요한 물건이었다.

노태규는 매번 실패하면서도 어떻게든 기술을 습득하기 위해 백방으로 알아보았다.

때로는 관련 기업에 산업스파이를 파견하여 기술을 빼 오기도 하고, 때로는 관련 기업의 간부를 매수하여 기술을 빼돌리기도 하며 기술을 축적하였다.

그렇게 해서 이룩한 것이 바로 노태 인더스트리였다.

하지만 아직도 자체 기술만으로 아머드 기어를 생산하거나 인력을 확보하지는 못했다.

그러던 차에 이번에 던전에서 발굴한 타이탄을 일본에 넘기고 아머드 기어의 핵심 기술을 이전 받을 수 있었다.

파워 팩의 에너지 증폭 기술.

거대한 아머드 기어를 움직이기 위해선 막대한 에너지가 필요한데, 그냥 이동하는 것도 아닌 전투를 하기 위해선 순간적으로 엄청난 에너지를 발산해 내야 한다.

그러면서도 각 부위로 에너지가 흘러가는 연결 회로가 버틸 수 있게 하는 기술이 바로 에너지 증폭 기술이었다.

물론 최신 기술이 아닌 초기의 기술이기는 하지만, 조금만 더 연구하면 금방 따라잡을 수 있을 것이라는 자신감이 있었다.

그랬기에 노태규는 한껏 기분이 고무되었다.

'제길, 내가 구해온 것을 가지고 엉뚱한 놈이 열매를 따먹고 있네.'

노인태는 자신만만한 미소를 짓고 있는 노인수를 보며 속으로 이를 갈았다.

일본으로부터 기술 이전을 받을 수 있던 것은 자신이 이계의 던전에서 발굴한 타이탄 덕분이었다.

하지만 노인태는 그 일로 오히려 칭찬이 아닌 꾸중을 들어야만 했다.

발굴한 타이탄 세 기를 모두 차지하려고 숨겼다가 들통나면서 두 기를 허무하게 잃어버렸기 때문이다.

아니, 자칫 잘못했다가는 타이탄은 물론이고, 그룹이 날아갈 뻔했다.

던전에서 발굴된 타이탄을 숨기려 한 행위는 정치인들에게 기만하는 행위로 비춰질 수 있었다.

아무리 함께 손잡고 협력하던 관계라 해도 권력자는 기만 행위를 결코 좌시하지 않았다.

뒤늦게 아들의 잘못을 알아차린 노태규는 노인태를 불러 엄중히 질책하면서 일을 무마하기 위해 막대한 손해를 감수했다.

정치권에 대한 로비는 물론이고, 헌터 협회 간부에게도 엄청난 보상을 해줄 수밖에 없었다.

그 때문에 하지 않아도 될 로비를 하며 약한 모습을 보여야 했다.

그것은 한동안은 그들에게 큰소리도 못 치고 얌전히 끌려가야 한다는 의미나 다름없었다.

막말로 타이탄 몇 기 잃은 것은 별일 아니었다.

하지만 동등한 입장에서 서로 주고받는 관계였던 정계 인사들에게 고개를 숙였다는 것이 큰 문제였다.

한 번 약점을 내보였으니 다시 동등해지기 위해선 자신도 그들의 약점을 잡아야만 했다.

그러기 전에는 계속해서 고개를 숙이며 약한 모습을 보여야 하고, 그것이 노태규로서는 참을 수 없는 굴욕이었다.

그래서 그룹에 큰돈을 가져다준 공로가 있긴 해도 한동안 손발을 묶어둘 수밖에 없었다.

그러나 노인태는 그 점이 불만이었다.

잘해보려고 한 일을 가지고 꼬투리를 잡아 몰아붙이고, 또 자신의 성과를 앙숙인 둘째 형에게 넘겨준 점.

또 그것을 받아 별다른 노력도 없이 성과를 얻었으면서 뻔뻔스럽게 자신을 놀리듯 쳐다보는 노인수의 웃는 얼굴이 더욱 마음에 들지 않았다.

'두고 보자. 내가 언제까지 이렇게 당하고만 있을 줄 알아.'

자신을 놀리듯 쳐다보는 노인수의 모습을 보며 노인태는

속으로 칼을 갈았다.

그때, 노인수가 다시 입을 열었다.

"아버지, 그런데 인태가 이번에 또 사고를 친 것 같습니다."

노인수는 비록 자신의 동생이긴 하지만 노인태를 가족의 일원으로 인정하지 않았다.

그도 그럴 것이, 능력도 없는 주제에 욕심만 많아서 언제나 그룹의 일에 관여하려는 태도가 마음에 들지 않는 탓이었다.

게다가 호시탐탐 노태 그룹의 후계 자리를 넘보며 되도 않는 수작을 부리는 점이 더욱 그를 싫어하게 만드는 요인이었다.

머리도 나쁘고 회사 경영에 대한 소질도 없으면서 어려서부터 사고를 치고 다녀 그것을 수습하는 것만으로도 그룹의 이미지를 상당히 깎아 먹었다.

그래서 노인수는 노인태가 하는 일을 교묘하게 방해하여 더 이상 크지 못하게 손을 쓰곤 했다.

"아니, 그게 무슨 소리냐? 인태, 너. 나 모르게 사고 친 일 있냐?"

노태규는 차가운 눈빛으로 노인태를 바라보며 물었다.

노인태는 얼굴을 붉히며 노인수를 노려보다 아버지의 노

한 음성에 얼른 표정을 풀며 대답을 하였다.

"아닙니다, 아버지. 저 사고 친 일 없습니다."

하지만 뭐가 그리 마음에 들지 않는 것인지, 노태규는 굳은 표정을 풀지 않았다.

마음이 다급해진 노인태는 서둘러 변명을 이어갔다.

"정말입니다. 믿어주세요."

정말 억울하다는 노인태의 모습에 노태규는 말을 꺼낸 노인수를 돌아보았다.

"무슨 일인지 설명해 봐라."

기회를 잡았다는 듯 노인수는 입가에 비릿한 미소를 띠며 대답했다.

"인태가 헌터를 상대로 소송을 걸었다고 합니다."

"뭐?"

노태규는 순간 이해가 가지 않아 되물었다.

"저번엔 던전에서 발굴된 유물도 숨기더니, 이번에는 던전 발굴에 참여한 헌터 한 명을 절도 혐의로 고소했습니다."

노태규는 노인태를 쳐다보았다.

어떻게 된 일인지 변명을 해보라는 뜻이었다.

아버지의 뜻을 간파한 노인태는 자신이 정진을 상대로 고소를 하게 된 정황을 설명했다.

"일개 일꾼으로 계약을 맺은 놈이 던전 탐사 중 실종되고, 한 달 뒤에 무사히 복귀를 하였습니다. 아버지, 생각을 해보세요. 그게 말이 된다고 생각하세요? 분명 그놈은 우리가 찾아낸 아티팩트를 훔쳐 잠적했던 것입니다. 그러고는 돌아와 이계인을 만났다느니, 그들에게 마법을 배웠다느니 하는 헛소리나 지껄이고 있습니다."

노인태는 목에 핏대가 설 정도로 열심히 자신의 생각을 들려주었다.

묵묵히 이야기를 듣던 노태규는 잠시 생각에 잠겼다.

'음, 그럴듯한데… 만약 그 말이 사실이라면 지금까지 나온 것과는 비교도 안 될 만큼 획기적으로 몬스터 사냥에 도움을 주는 아티팩트가 확실하겠군.'

노태규가 자신의 이야기를 듣고 고심하는 것이 보이자 노인태는 거듭 자신의 주장에 대해 부연 설명을 하였다.

"아무런 능력도 없던 놈이 한 달 만에 10억 원 상당의 마정석을 교환하였습니다. 그러니 아티팩트의 비밀을 밝혀 내 대량생산을 할 수만 있다면, 저희는 굳이 던전 발굴을 해 막대한 세금을 낼 필요 없이 앉아서 돈을 벌어들일 수 있습니다."

노인태는 어떻게든 아버지를 설득하기 위해 장황하게 설

명을 이어 나갔다.

그런 노인태의 설득이 통했는지 노태규의 표정이 조금 전과 다르게 흥미를 보이고 있었다.

"확실한 것이지?"

"분명합니다. 그리고 훔쳐간 아티팩트를 되찾기 위해 사람들도 다 섭외해 두었습니다."

노인태는 판사부터 검찰 관계자까지 이미 포섭해 놓은 사람들을 떠올리며 대답을 하였다.

열성적으로 어필하는 노인태의 모습에 노태규는 전에 없이 밝은 미소를 지었다.

'이놈이 이제야 제대로 일을 하려나 보군.'

그동안 노인태가 보여준 행동들은 물가에 내놓은 어린아이마냥 무척이나 위태위태하였다.

나이가 서른이 넘어가는데도 아직 어릴 적의 치기를 벗어나지 못하고 사고만 치고 다녔다.

얼마 전, 던전 탐사에서 유물을 발굴하는 과정만 해도 그랬다.

이계인들이 대몬스터 병기로 사용했을 것이라 짐작되는 엄청난 물건을 발굴했으면서도 신고를 제대로 하지 않고 숨겼다.

작은 욕심에 정신이 팔려 대국을 제대로 살피지 못한, 명백한 실수였다.

그 크기만 따져도 어마어마한 물건이 숨긴다고 숨겨지겠는가.

더욱이 공상 과학 영화에서나 나올 것 같은 거대한 로봇인데, 아무리 숨기려 해도 언젠가는 비밀이 외부로 흘러나갈 일이었다.

그런데 멍청하게 욕심을 부려 숨기려다 오히려 엉뚱한 놈에게 약점을 잡히고 말았다.

그로 인해 자신은 물론이고, 그룹 전체로 봐도 엄청난 손해를 보게 되었다.

만약 제대로 신고만 했더라도 노태 그룹은 정부에게서 엄청난 혜택을 받아냈을 것이다.

그것이 금전적인 것이 되었든, 아니면 다른 어떤 것이 되었든 그 이윤이 상당했을 것은 자명했다.

하지만 어설프게 수를 쓰다 타이탄 한 기를 헌터 협회 부회장인 차현수에게 빼앗겼다.

차현수는 그것으로 막대한 부를 거머쥐었을 뿐만 아니라 중국의 권력자와 선을 만들었다.

이러한 정황을 다시 떠올린 노태규는 조금 전 밝아졌던 표정이 한순간 찡그려졌다.

노태규 회장이 빼앗겼던 타이탄에 대한 생각에 잠겨 있을 때, 노인태 또한 다른 생각을 하고 있었다.

'제길, 날 못 잡아먹어 안달이군. 어디 두고 보자. 그것 들만 내 손에 들어오면 결코 그냥 두지 않을 것이다.'

조금 전, 노태규에게는 도난당한 아티팩트를 되찾아 연구 를 하여 대량생산할 것이라 말했지만, 노인태의 내심은 사 실 그렇지 않았다.

물론 언젠가는 대량생산을 하겠지만, 처음부터 그럴 계획 은 없었다.

자신을 괄시하는 가족들, 특히 자신이 어렵게 구해 온 과 실을 안전한 곳에서 받아먹으면서도 사사건건 자신을 무시 하는 노인수를 그냥 두지 않을 생각이다.

아니, 노인수뿐만 아니라 겉으로는 티를 내지 않아도 노인 규 또한 그리 다르지 않다는 것을 노인태는 잘 알고 있었다.

노인태는 정진에게서 아티팩트를 되찾으면 자신을 무시 했던 사람들 모두 가만두지 않을 것이라 속으로 다짐하였 다.

Chapter 4
재판과 아티팩트

웅성웅성.

땅! 땅!

"조용히 하세요!"

재판장은 장내가 소란해지자 판사봉을 두들기며 법정을 수습했다.

"아니, 이게 어떻게 된 것입니까?"

"아무래도 담당 판사도 저쪽으로 넘어간 것 같습니다."

정진은 재판이 진행되는 도중 검사가 제시한 증거품을 보고 어이가 없었다.

그것은 노태 클랜에서 던전을 발굴할 때 기록했다는 서류인데, 공신력도 없을뿐더러 얼마든지 조작을 했을 수도 있는 문서였다.

물론 사전에 증거물 공유에 대한 원칙에 따라 정진과 이세진도 열람을 했다.

하지만 설마 이런 조잡한 서류가 채택되리라고는 꿈에도 예상하지 못했던 것이다.

정진이 불만을 토로하는 만큼 이세진도 당황스러웠다.

애초에 증거품으로 인정해서는 안 될 서류가 버젓이 채택되어 법정에 나온 것이다.

이는 증거품을 판단하여 채택하는 담당 판사가 무언가 로비를 받았다고밖에 생각할 수 없는 일이었다.

분명 어처구니없는 일이긴 해도 정진이나 이세진 변호사로서는 오히려 좋은 기회였다.

설마 증거 채택이 되겠느냐 하는 생각과 달리 해당 서류에 대한 준비를 모두 마쳐 두었기 때문이다.

오히려 저 서류가 증거로 채택됨으로써 확실하게 노태 클랜과 검사의 목줄을 조이게 될 것이 분명했다.

"재판장님, 이의 있습니다."

"말씀하세요."

이세진은 벌떡 일어나 단호하고 또박또박하게 이의를 표

명했다.

"검사 측이 제시한 이 서류는 증거물로서 가치가 없습니다. 더욱이 이 서류에는 작성자가 아닌 제3자의 개입 흔적이 있습니다."

이세진은 서류에 붉은색으로 표시가 된 부분을 짚어 보이며 법정을 한 바퀴 돌았다.

그러자 재판장의 주의에도 불구하고 법정은 조금 전보다 더 시끄러워졌다.

웅성웅성.

사실 이번 재판은 세간의 관심을 끌고 있어 법정에도 사람들이 가득 들어차 있었다.

무엇보다 헌터를 고소한 클랜이 일반 중소 규모의 클랜도 아니고, 대한민국 굴지의 대기업 산하 노태 클랜이라는 점이 더욱 관심을 끌었다.

땅! 땅!

"조용하세요! 자꾸 시끄럽게 하면 모두 퇴정 조치하겠습니다!"

담당 판사는 법정이 다시 시끄러워지자 인상을 구기며 주의를 주었다.

"피고 측, 자꾸 이러면 곤란합니다. 정확한 증거를 대세요. 자꾸 사건을 호도하지 마시고요."

판사는 이세진이 제기한 의혹을 일축하며 주의를 주었다.

하지만 이미 필적 대적까지 끝낸 이세진은 판사의 말에도 아랑곳하지 않고 다른 서류를 꺼내 증거로 제출하였다.

"제가 사실을 호도하는 것이 아니라 검사 측에서 증거를 조작해 제 의뢰인을 범죄자로 몰아가니 이러는 것 아닙니까. 여기 검사 측이 제출한 증거물에 대한 전문가의 감정서가 있습니다."

이세진이 서류를 제출하자 바로 증거로 채택되어 판사에게 전달되었다.

감정서와 검사 측 증거물을 번갈아 보며 대조를 하던 담당 판사는 한동안 아무런 대답도 하지 못하고 인상을 구겼다.

한편, 이세진이 전문가의 필적 감정서까지 제출하며 반박을 하자 담당 검사인 이검안은 더없이 당황하였다.

"아니, 이게 어떻게 된 일이야?"

"그, 그게……."

이검안의 물음에 그를 보조하던 한세현 검사는 뭐라 대답을 하지 못했다.

원래 재판 과정에서 증거를 제출할 땐 언제나 사전에 철저한 조사를 한다.

그래야 변호사의 반격을 사전에 막아낼 수 있기 때문이다.

범죄 정황이 확실하게 나타난 증거물이라 해도 조그만 실수 하나로 인해 증거로 채택되지 못하는 경우가 있기에 여간 철저히 준비하는 것이 아니었다.

그런데 다른 것도 아니고, 이번 고소의 기본 바탕이 되는 증거물이 조작되었다는 주장이 나오자 이검안은 물론이고, 보조인 한세현 검사까지 당황한 것이었다.

"이 부분을 다시 한 번 살펴봐 주시기 바랍니다. 던전에서 아티팩트를 발굴했을 때의 기록은 최초 발견 기록과 던전 외부에 설치된 임시 보관소의 입고 기록, 그리고 최종적으로 정부에 세금을 내기 전 기록하는 정부 측 기록… 이렇게 세 가지가 있습니다."

이세진은 감정서를 들고 법정 가운데로 나아가며 변론을 계속했다.

"우선 최초 발견 기록은 던전에서 발견된 유물이 아티팩트인지 아닌지를 따지지 않고 기록합니다."

판사석을 향해 설명을 하던 이세진은 몸을 돌려 검사석과 방청석을 둘러 보며 사람들과 눈을 마주쳤다. 그러고는 다시 말을 이어 나갔다.

"이렇게 발굴된 유물은 헌터 협회에서 파견된 전문가들이 아티팩트 여부를 판별합니다. 물론 헌터 클랜도 아티팩트를 판별하는 기기를 가지고 있지만, 헌터 협회에서 서류와 유물을 비교하여 아티팩트가 맞다는 확인 절차를 거쳐야 합니다. 그런데…….."

이세진은 목이 타는 듯 변호사석에 돌아와 물을 한 모금 마시고는 다시 입을 열었다.

"여기를 보십시오."

그런 후, 서류를 재판장 한쪽에 있는 TV 모니터 앞으로 가져갔다.

그러고는 모니터와 연결된 확대경 위로 서류에 쓰여진 글씨와 자신이 증거 조작을 의심하는 부분을 비교해 보여주었다.

"이 서류는 헌터 협회가 보관하고 있던 확인 절차 당시의 서류입니다. 한데 보시다시피 이 서류와 밑에 있는 검사 측 증거 자료의 붉은 표시 부분은 내용과 글씨체가 달라져 있습니다. 이는 명백히 제 의뢰인을 범인으로 몰기 위해 제3자가 나중에 첨가한 것입니다. 제가 제출한 감정서에 그에 대한 전문가의 소견이 있습니다."

명백한 자료를 들이밀며 증거가 조작되었다는 것을 밝힌 이세진은 당당한 표정으로 검사 측을 쳐다보았다.

정진도 편안한 표정으로 이검안 검사를 돌아보았다.

그럼에도 검사 측에서는 어떤 반론도 제기할 수가 없었다.

미처 조작 여부를 확인하지 않고 급하게 증거로 채택해 재판에 제출했기 때문이다.

한편, 방청석 제일 앞 열에서 재판을 지켜보고 있던 노인태와 최성규는 한껏 당황해 어찌할 바를 몰라 했다.

설마 상대가 전문가의 감정을 받았을 것이라고는 예상하지 못한 탓이었다.

사실 그들은 서류를 조작한 일에 대해 전혀 거리낌이 없었다.

이는 특권 의식에 젖어 그동안 아무런 죄의식 없이 당연하게 저질러 온 관행이었기에 전혀 문제될 게 없다는 생각에서 비롯된 결과였다.

그저 당연히 자신들의 물건을 되찾는다는 오만함에 빠져 그것이 정당하다 생각을 했는데, 재판이 돌아가는 상황을 보니 그것이 큰 실수였음을 금방 깨달을 수 있었다.

"이거, 분위기가 이상한데?"

"그러게 말입니다. 우리는 그저 조금이라도 빨리 되찾기 위해 편법을 사용한 것뿐인데……."

노인태의 당혹스러워하는 말에 최성규 또한 당황하며 말을 얼버무렸다.

"이게 어떻게 된 일입니까? 증거를 조작한 것이 확실합니까?"

노인태와 최성규가 나누던 이야기를 들은 이검안 검사는 인상을 쓰며 작은 목소리로 물었다.

한세현 검사는 두 사람에게 큰소리로 따져 묻고 싶었지만, 바로 옆자리에 상급자인 이검안 검사가 있기에 가만히 분을 삭이고 있을 뿐이었다.

하지만 치미는 분노로 인해 그의 얼굴은 붉어지다 못해 검붉은 색이 되어 있었다.

검사 측이 소란스러워진 모습은 담당 판사는 물론이고, 주변에 있던 방청객들에게까지 고스란히 전달되었다.

검사와 노태 클랜의 더러운 술수가 드러난 것과 다를 바 없는 상황에 장내는 더욱 소란스러워졌다.

결국 담당 판사는 재판을 더 이상 진행할 수 없다는 핑계를 들어 휴정을 선언하였다.

"더 이상 재판이 진행되지 않는 관계로 이만 휴정을 선언

합니다. 재심은 3일 후 오전 열 시로 하겠습니다."

땅! 땅! 땅!

급하게 휴정을 선언하고 법정을 빠져나가는 판사의 뒷모습은 누가 보아도 황망한 기색이 역력했다.

정진과 이세진은 재판이 자신들에게 유리해진 시점에서 휴정이 선언되자 인상을 썼다.

보통 이 정도만 해도 검사 측의 잘못이 인정되어 피고인 정진이 승소를 해야 맞는데, 담당 판사는 선고를 유예한 채 휴정을 선언하고 나가 버린 것이다.

"정진아, 어떻게 된 거야? 3일 뒤에 다시 재판을 한다는 거야?"

방청석에 앉아 있던 김지웅은 사람들이 자리에서 일어나는 모습을 보며 정진에게 다가와 물었다.

"네, 오늘도 판결이 내려지지 않고 또 연기되었네요."

정진은 착잡한 표정으로 대답했다.

벌써 세 번째 재판 연기였다.

검사가 고소한 내용에 대해 정진 측이 반박하면 여지없이 휴정이 되고, 재판은 연기가 되었다.

노인태에게 뇌물을 받은 검사와 판사는 어떻게든 유리하게 끌고 가려는 생각에 판결을 내리지 않고 계속해서 증거를 보강해 가며 재판을 이어갔다.

그러다 보니 재판은 쉽게 끝나지 않고 지지부진한 상태만 지속되고 있었다.

검사와 판사로서는 어떻게든 노인태의 의도대로 정진을 범죄자로 만들어 아티팩트를 넘겨줘야 했다.

그렇게 하면 그동안 받은 뇌물보다 더 많은 보상을 하겠다는 약속까지 받았다.

이미 욕심에 눈이 먼 검사나 판사는 정진이 증거를 반박해 빠져나가려고 하면 자신들의 권한으로 재판을 중단시켰다.

하지만 그렇게 해도 정진에게 없는 죄를 뒤집어씌울 수는 없었다.

변호를 맡은 이세진이 유능하기도 하거니와, 검사가 제시한 증거는 아무런 범죄 사실도 증명할 수가 없었다.

결국 그들은 정진이 계속되는 재판으로 비용을 충당하지 못해 이세진 변호사를 더 이상 선임할 수 없을 때까지 재판을 질질 끌 생각까지 하고 있었다.

"에휴, 이러는 게 대체 몇 번째냐. 벌써 두 달이나 사냥을 가지 못했다. 말은 하지 않고 있지만, 현성이와 진성이는 지금 압박을 받는 것 같더라."

팀 아케인은 처음 사냥을 갔다 온 뒤로 벌써 두 달째 발이 묶인 상태였다.

그런 탓에 현성과 진성 형제는 꽤 곤란한 상태에 빠졌다.

사실 두 형제에겐 동생이 있는데, 현재 생명 유지 장치의 도움으로 겨우겨우 생을 연명하고 있었다.

하루에도 100만 원이 넘는 치료비와 생명 유지 장치 사용료 때문에 많은 돈이 필요했다.

그런 이유로 두 사람은 위험한 몬스터 헌팅을 계속해 온 것이다.

그런데 핵심 멤버인 정진이 재판 때문에 두 달이나 사냥을 가지 못하게 되자 마음이 불안해졌다.

첫 사냥에서 상당한 금액을 벌었기에 아직까진 그리 큰 문제가 없지만, 앞으로가 문제였다.

언제 끝날지 모르는 정진의 재판 때문에 다른 팀을 알아봐야 하는 것은 아닌가 하는 걱정마저 있었다.

하지만 이제 와서는 그것도 쉽지 않은 일이었다.

팀 아케인에 합류하기 전, 현성 형제가 속해 있던 몬스터 헌팅 팀은 몬스터 사냥 도중 인명 피해가 발생하며 해체되고 말았다.

그런 탓에 현성 형제는 사냥에 들어간 비용을 회수하지도 못한 채 몇 개월간 허송세월을 보내야 했다.

그렇게 수중에 가지고 있던 자금이 다 떨어져 갈 즈음, 마침 이정진의 연락을 받고 팀 아케인에 합류한 두 형제로서는 솔직히 팀 멤버들을 믿을 수 있을지 아닌지도 중요하지 않았다.

몬스터를 사냥할 수 있다는 것이 중요했고, 또 돈을 벌 수 있다는 것이 중요했기에 망설임 없이 팀 아케인에 합류한 것이었다.

그리고 그 선택은 나쁘지 않았다.

아니, 최고의 선택이었다.

단 한 번의 사냥으로 두 형제가 각각 3억 원 가까이 벌었다.

이는 이전 사냥 팀에 있을 때의 수입과 비교하면 몇 배나 더 많은 것이었다.

즉, 다시 말해 몇 개월은 쉬지 않고 몬스터를 사냥해야만져 볼 수 있는 거금이었다.

그런데 단 한 번의 사냥으로 그 돈을 벌었으니 당연히 두 형제는 팀 아케인과 끝까지 함께하고 싶은 생각이었다.

하지만 두 달이나 몬스터 사냥을 나가지 못하게 되자 마음이 초조해질 수밖에 없었다.

그런 두 형제를 지켜보던 김지웅은 뭔가 일이 있음을 직감적으로 알아차렸다.

정부 측 의뢰로 다년간 헌터 클랜을 감시해 온 김지웅이다.

상대를 살피는 데 이력이 난 그였기에 현성, 진성 형제에게 말 못할 고민이 있다는 것을 쉽게 눈치챌 수 있던 것이다.

"그렇지 않아도 그 문제 때문에 정진 형님하고 의논을 해봤어요."

"그래?"

김지웅은 반색을 하며 정진을 쳐다보았다.

"전 언제 끝날지 모르는 재판 때문에 뉴 어스로 갈 수가 없으니, 일단 저를 빼고 나머지 멤버들끼리 사냥을 가세요."

"하지만 그렇게 되면 좀 위험하지 않을까?"

김지웅은 걱정이 먼저 앞섰다.

정진이 없으면 타라칸의 도움을 받을 수 없을 것이라는 생각에서였다.

정진은 지웅의 불안한 표정을 보고 그가 어떤 생각을 하는지 알 수 있었다.

"물론 제가 가지 않으니 타라칸이 전처럼 적극적인 도움을 주진 않을 거예요."

"그렇지. 타라칸의 도움이 없으면 현 인원으로는 솔직히 몬스터를 사냥한다는 것은 너무도 위험한 일이야."

김지웅은 고개를 끄덕이며 말했다.

자신의 친구가 팀에 새로이 합류하긴 했지만, 정진이 빠진 자리를 매울 정도로 뛰어난 것은 아니었다.

5클래스 마법사의 능력을 자신의 두 눈으로 직접 확인하고, 또 정진을 호위하는 가디언 타라칸의 도움으로 큰돈을 벌게 된 팀 아케인이다.

그런데 전체 전력의 9할이나 마찬가지인 정진과 타라칸이 없다면 팀 아케인은 한순간에 그저 그런 흔한 몬스터 헌팅 팀이 되어버린다.

더구나 강력한 몬스터인 타라칸의 보호 아닌 보호 속에서 안전한 사냥을 하던 것과 다르게 이들만의 사냥은 상당한 위험이 뒤따를 것이 분명했다.

"형이 어떤 걱정을 하는지 잘 알고 있어요. 확실히 제가 있을 때완 다르겠지만, 타라칸이 아주 형님들을 놔두진 않을 거예요. 사냥하는 것을 돕지는 않아도 몬스터의 위협으로부터 보호하는 정도는 해줄 테니 걱정하지 마시고 사냥을

하세요. 물론 감당하지 못할 몬스터를 사냥하시라는 말은
아니고, 적당한 사냥감을 찾아야 하겠지만요."

정진은 말을 하면서도 혹시나 위험한 몬스터에게 일부러
덤벼들어 타라칸의 도움을 받으려고 할지 모른다는 생각에
단단히 못을 박았다.

사실 이전의 사냥에서 타라칸이 도움을 준 것은 정진의
명령 때문이었다.

타라칸의 임무는 정진의 보호.

정진이 위험한 트롤 사냥에 나서려는 것을 알게 된 타라
칸이 원천적으로 위험을 막기 위해 직접 트롤을 유인해 준
것이었다.

타라칸이 제라드에게 속박되어 가디언이 되면서 주입 받
은 명령이 보호였기에 정진이 어느 정도 경지에 오르기 전
까진 위험한 일을 하지 못하게 막는 것이 주요 임무였다.

사정이 그러다 보니 이번에 정진이 빠지게 된다면 아무래
도 이전과 같이 팀원들을 보호해 주지는 않을 것이 분명했
다.

하지만 그렇게 되면 팀 아케인을 키우겠다는 계획은 엉망
이 될 것이 분명하기에 정진은 방법을 모색할 수밖에 없었
다.

한참 동안 고민하던 정진은 결국 자신의 명령이 담긴 영상구를 이정진에게 들려 보내기로 결정했다.

이미 사람에 버금가는 지능을 가지게 된 타라칸이니 영상구를 통한 명령이라도 분명 알아들을 것이라 생각한 것이다.

"그리고 형님들에게 도움이 될 만한 것들을 만들어 드릴 예정이니, 제가 없더라도 웬만한 중급 몬스터까지는 충분히 사냥하실 수 있을 거예요."

물론 아직까지는 자금이 부족해 대몬스터 병기인 아머드 기어는 만들어 줄 수 없겠지만, 몬스터를 잡는 방법이 굳이 아머드 기어만 있는 것은 아니었다.

사실 정진은 팀 아케인의 멤버 각자에게 필요한 병기를 만들어줄 계획이었다.

이미 팀장인 이정진의 무기는 완성이 되었다.

이정진을 위해 만든, 근력 마법과 절삭 마법이 새겨진 그레이트 소드가 바로 그것이었다.

그리고 김지웅이 사용할 무기도 만들고 있는 중이었다.

다만 아직 마정석이 확보되지 않아 완성시키지 못했을 뿐이다.

당연히 강현성과 강진성의 무기도 제작 중이었다.

다만, 강진성의 주력 무기인 크로스 보우는 이정진의 그 레이트 소드나 김지웅의 바스타드 소드, 그리고 강현성에게 주어질 메이스와 타워 실드처럼 단순하게 만들 수 있는 무 기가 아니었다.

부속품을 만들어 그것들을 조립하여야 하고, 또 전용의 볼트가 있어야 했다.

몸체인 크로스 보우를 만드는 것도 무척이나 중요한 일이 고, 몬스터를 직접 타격할 볼트에도 파괴력을 높일 마법을 새겨야 하기에 아직 시간이 더 필요했다.

"정진이 형의 무기는 이미 완성되었지만, 아직 형 거랑 현성이 형 것은 마정석을 구하지 못해 미완성 상태예요. 그 리고 진성이 형 무기는… 형도 아시겠지만 무척 복잡하잖아 요. 그래서 시간이 좀 더 필요해요. 또 새로 합류한 재욱 형님은 아직 저희 팀에 아머드 기어가 없으니 진성이 형처 럼 크로스 보우를 만들어 드릴 생각이에요. 아머드 기어를 구입하기 전까진 제가 만들어 드리는 크로스 보우를 주력 무기로 써야 할 거예요."

정진은 자신 때문에 피해를 보고 있는 팀원들을 위해 만 반의 준비를 갖춰주고 싶었다.

꼭 이번 일이 아니더라도 그들에게 선물을 해주고 싶은

마음이 있었는데, 이번 재판 사태까지 벌어지고 나니 준비할 수 있는 한도 내에서 최고의 물건들을 만들어주고 싶었다.

자신들을 생각해 주는 정진의 말에 김지웅은 놀라움과 고마움을 감출 수가 없었다.

"뭐야? 그럼 그동안 우리를 위해 아티팩트를 준비하고 있었단 말이야?"

한동안 말을 잇지 못하던 김지웅은 여전히 놀란 표정으로 물었다.

정진은 작게 고개를 끄덕이며 대답을 하였다.

"당연하죠. 사실 어느 정도 기반이 잡히면 전 몬스터 사냥에 끼지 않고 마법을 연구하면서 팀에 필요한 아티팩트를 만들 생각이었어요."

"아……."

김지웅은 정진의 계획에 탄성을 터트렸다.

"잠깐만요. 지금 정정진 씨가 하신 말씀은 직접 아티팩트를 만들 수 있다는 소립니까?"

재판이 중단되면서 자료를 정리하던 이세진은 두 사람의 대화를 듣다가 놀라 소리쳤다.

다음 재판을 어떻게 진행할 것인지 머리를 싸매고 구상하던 차에 들게 된 그 말은 매우 중요한 것이었다.

아티팩트를 직접 만들 수 있는 능력.

만약 그것을 재판장에서 어필할 수만 있다면 절도 혐의를 받고 있는 정진의 혐의를 전면적으로 부정할 수 있을 것이란 생각이 들었다.

물론 상대의 주장 자체가 앞뒤가 맞지 않는 억지이기는 하지만, 그건 중요하지 않았다.

고소인인 노인태는 정진이 갑자기 몬스터를 사냥하며 복귀한 정황을 들어 아티팩트를 훔쳤을 것이라는 혐의로 정진을 고소한 상태였다.

그러니 정진이 보유한 능력을 보여주어 아티팩트를 훔치지 않았다는 증거로 삼으면 되는 문제였다.

아티팩트를 직접 만들 능력이 있는데 굳이 훔칠 이유가 없다는 것이었다.

그렇게 되면 노태 클랜과 검사 측의 주장을 원천적으로 반박하며 이번 재판에서 승소할 수 있을 것이라는 생각이 들었다.

"그 말이 사실이라면 다음 공판 때 이 자리에서 시연을 합시다. 그렇게 되면……."

변호사인 이세진은 눈을 반짝이며 열변을 쏟아냈다.

불타오르는 이세진의 기세에 눌린 탓인지, 정진과 김지웅은 아무런 말도 하지 못하고 그저 눈만 깜박일 뿐이었다.

"잠시만 기다리세요."

정진은 집으로 초대한 팀 아케인 멤버들을 맞이하며 자신의 연구실이 있는 지하실로 안내하였다.

사실 정진은 멤버들을 위해 제작한 전용 무기들이 어느 정도 완성되어 이들을 부른 것이었다.

팀장인 이정진에게는 사전에 이야기를 해두었기에 전용 무기를 만드는 데 들어가는 부속 중 부족한 것은 그가 수소문하여 보충해 주었다.

마법 연구를 하기 위해 정진이 따로 챙겨놓은 재료가 있긴 하지만, 본래 원거리 공격을 담당했던 강진성을 비롯하여 새롭게 합류한 류재욱에게 줄 크로스 보우를 만들기 위한 몇 가지 재료들이 필요했던 것이다.

강진성과 류재욱, 둘 모두 크로스 보우를 사용한다.

하지만 원래 크로스 보우가 주력 무기인 강진성에게는 보다 강력한 마법이 새겨진 크로스 보우를 만들었고, 본래 아머드 기어의 드라이버였던 류재욱에겐 팀 아케인이 아머드 기어를 장만하기 전까지 임시로 사용할 무기로 강진성의 것보단 하위 등급의 마법을 부여한 크로스 보우를 만든 것이었다.

정진이 팀 멤버들에게 나눠 줄 전용 무기를 가지러 간 사이, 팀 아케인 멤버들은 정진의 연구실을 둘러보았다.

"와, 이게 다 뭡니까?"

지하 연구실 한쪽 벽면의 선반 위에는 각종 유리병들이 놓여 있었는데, 김지웅이 놀란 것은 그 유리병 속에 각종 몬스터의 부산물이나 신체 일부가 들어 있었기 때문이다.

김지웅이 신기하게 바라보고 있을 때, 팀 아케인의 새 멤버인 류재욱도 연구실 가운데 있는 테이블을 보며 놀라고 있었다.

테이블 위에는 마치 화학 실험실을 방불케 하는 실험 기구들이 놓여 있었는데, 정체를 알 수 없는 액체가 밝게 빛을 내며 비커 속에서 끓고 있었다.

하지만 재욱이 더욱 놀란 이유는 따로 있었다.

커다란 대형 비커 속에 들어 있는 알 수 없는 몬스터의 부속들 때문이었다.

"잠깐 저 좀 도와주세요."

그때, 정진이 품에 커다란 상자를 들고 연구실 안으로 들어오기 위해 낑낑대고 있었다.

손에 들린 물건의 무게가 상당한지 힘들어 하는 모습이 역력했다.

"대체 뭐기에 네가 그리 힘들어 하냐?"

김지웅은 얼른 정진의 곁으로 다가가 상자의 한쪽 귀퉁이를 잡고 힘을 보탰다.

"으윽!"

상자가 좀 크기는 하지만 정진 혼자서 들고 오는 모습에 별생각 없이 힘을 보태려고 달라붙은 지웅은 힘을 주다 깜짝 놀랐다.

상자가 생각보다 훨씬 무거웠던 것이다.

"이 안에 뭐가 들었기에 이리 무겁냐? 재욱아, 너도 좀 도와라."

지웅은 가까이에 있던 재욱을 불렀다.

"영차!"

탕!

"휴, 힘들다."

"그러게. 뭔데 이리 무겁지?"

"잠시만 기다리세요. 정진이 형, 가져오셨어요?"

정진은 김지웅의 물음을 뒤로하고 이정진에게 시선을 돌리며 말했다.

이정진은 얼른 한쪽에 내려놓은 하드 케이스 가방을 정진의 앞에 내밀었다.

"여기 있다."

"고마워요."

정진은 가방을 테이블 위에 올리고 잠금장치를 해제했다.

가만히 정진이 하는 양을 지켜보던 멤버들은 가방 안에 뭐가 들었는지 살피기 위해 고개를 빼고 쳐다보았다.

"마정석이네? 왜 팀장에게 마정석을 부탁했을까?"

아직 다른 멤버들은 정진이 무엇을 하려는 것인지 들은 바가 없기에 모두들 의아한 표정을 지었다.

하지만 이미 내용을 알고 있는 이정진과 김지웅은 그저 기대 섞인 눈빛으로 지켜볼 뿐이었다.

정진은 이어서 바닥에 내려놓은 커다란 상자도 열었다.

드르륵.

상자에서 몇 가지 물건을 꺼낸 정진은 그것들을 차례차례 조립하였다.

마치 퍼즐을 맞추는 것처럼 상자에서 꺼낸 쇳덩어리들을 이리저리 돌리고, 꺾고, 또 다른 부속을 끼우고 비틀며 정진은 무언가를 만들어갔다.

지금 정진이 만들고 있는 것은 원거리 딜러인 강진성의

무기였다.

보통의 크로스 보우보다 배는 커다란 것이었는데, 어떻게 보면 조금 작은 발리스타라고도 할 수 있을 정도였다.

조립을 마친 정진은 테이블 위에 놓인 가방에서 마정석 하나를 꺼내 크로스 보우 앞쪽에 나 있는 홈에 끼웠다.

그런 후, 심장에 있는 마나를 활성화시켜 마정석과 크로스 보우의 결합이 떨어지지 않게 고정했다.

정진의 마나를 주입 받은 크로스 보우는 마치 식물이 자라나듯 마정석을 감쌌다.

그러자 어느 순간, 마정석에서 작은 빛이 뿜어져 나오기 시작하더니, 크로스 보우의 표면으로 점차 녹아 들어갔다.

그런데 마정석에서 발현된 빛이 크로스 보우의 몸체에 퍼져 나가면서 신기한 현상이 나타났다.

조금 전까지만 해도 밋밋하던 크로스 보우의 표면에 알 수 없는 문양이 휘감듯 생겨난 것이다.

빛은 크로스 보우의 몸체에 문양을 남기고는 언제 그랬냐는 듯 한순간에 사라졌다.

탁!

그렇게 정진은 크로스 보우에 새겨진 마법진을 활성화한 뒤 테이블 옆에 놓았다.

그러고는 상자에서 또 다른 물건을 꺼내 다시 조금 전과 같은 작업을 하기 시작했다.

팀 아케인 멤버들은 정진이 또 다른 크로스 보우를 만들고 있음을 짐작했다.

연구실 한쪽에 조용히 앉아 있던 강진성은 정진이 조립하고 내려놓은 크로스 보우를 살펴보았다.

그것은 자신이 쓰고 있는 대형 크로스 보우와 비슷했다.

'설마 내 무기를 만든 것인가?'

강진성은 크로스 보우를 보며 자신도 모르게 눈을 빛냈다.

철컥.

조금은 작은 크로스 보우를 완성해 내려놓은 정진의 손은 기계적으로 또다시 상자로 들어갔다.

이번에 정진의 손에 들려 나온 것은 120㎝ 길이의 검이었다.

어떻게 보면 검이 아니라 동양의 참마도와 서양 검을 섞어놓은 듯한 모양을 하고 있었다.

순간, 지웅의 눈이 커졌다.

'이번엔 내 것이구나.'

한동안 계속해서 작업이 이어지자, 팀 아케인 멤버들은

지금 정진이 무엇을 하고 있는지 모두 깨달았다.

표면에 새겨진 마법진이 활성화된 무기들은 정진이 내려놓기 무섭게 빛을 잃었다.

하지만 뒤에서 지켜보던 사람들은 모두 알 수 있었다.

그 느낌부터 다르다는 것을 말이다.

무기들에서는 뭔가 알 수 없는 묵직한 무게감이 느껴졌다.

"정진이 형, 이리 오세요."

정진의 부름에 멍하니 바라보고 있던 이정진은 정신을 차리고 앞으로 걸어갔다.

그러자 정진은 상자에서 커다란 검을 꺼내 이정진에게 내밀었다.

이미 완성되어 있던 모양이었다.

"받으세요. 이게 형 것이에요."

155㎝에 이르는 검은 폭이 30㎝나 되는 엄청난 크기를 자랑했다.

보는 것만으로도 위압감이 절로 느껴질 정도였다.

정진은 이정진에게 검을 넘겨주며 사용법을 알려주었다.

"무게가 꽤 나가니 손잡이를 잡으며 '파워 업'이라고 말하세요."

"그래? 파워 업!"

그러자 넘겨받을 때만 해도 묵직하던 그레이트 소드에서 무게감이 전혀 느껴지지 않았다.

"아니, 이게 어떻게 된 거야? 너무 가벼운데?"

이정진은 마치 나뭇가지를 휘두르듯 이리저리 휘둘러 보고는 감탄성을 토해냈다.

"검에 새겨진 스트랭스 마법 덕분이에요. 지금 형님이 들고 계신 검에는 근력을 늘려주는 '스트랭스' 뿐만 아니라 검날의 절삭력을 높여주는 '샤프니스'와 검신을 보다 단단하게 만들어주는 '스트롱'까지, 총 세 개의 마법이 걸려 있어요."

정진은 이정진이 검을 들고 놀라워하는 모습을 흐뭇하게 지켜보며 설명을 해주었다.

"'파워 업'이라고 말을 하면 자동으로 마법이 적용되고, '파워 오프'라고 하면 해제되니 사용하기 편하실 거예요."

이정진을 비롯해 팀 아케인 멤버들은 정진의 설명에 놀라움을 금치 못했다.

"그럼 이것도?"

김지웅은 얼른 자신의 무기인 바스타드 소드를 들어 올리며 물었다.

그 역시도 마정석과 결합하며 신비한 빛을 내는 것을 본 터라 기대감으로 가득 차 있는 눈빛이었다.

"맞아요. 다만 형님의 것은 '스트롱'이 아닌 '헤이스트'를 새긴 것이에요."

정진은 웃으며 대답해 주었다. 팀원들에게 감사함과 미안함을 가지고 만든 무기들이니만큼 마음에 들어 하는 듯 보이자 기분이 좋았다.

"왜?"

그런데 김지웅은 자신의 바스타드 소드에는 이정진의 것과 다른 마법이 들어 있다는 말에 의아하다는 듯이 물었다.

"정진 형님의 무기는 보시는 것처럼 크고 무겁습니다. 비록 스트랭스 마법으로 인해 근력이 높아져 가볍게 사용할 수 있다곤 하지만, 사용법이 달라지는 것은 아니에요. 그레이트 소드의 전투 방법은 일격필살이에요. 그러다 보면 공격을 한 뒤에 빈틈이 생겨요."

김지웅과 이정진은 고개를 끄덕였다.

두 사람 모두 헌터로서의 경력이 풍부하기에 정진이 하는 말을 단번에 이해했다.

"그렇기 때문에 그레이트 소드를 사용하는 정진 형님의 경우 공격 후의 방어를 생각하지 않을 수가 없어요. 그래서 방패를 들 수 없는 형님을 위해 무기 자체를 방패처럼 사용할 수 있게 마법으로 검신을 더욱 단단하게 만든 것이에요. 몬스터의 공격에도 부러지지 않게 말이지요."

"아!"

정진의 설명을 들은 김지웅은 무엇 때문에 그레이트 소드에 스트롱 마법을 새겼는지 알 수 있었다.

"반면에 형님이 사용하는 바스타드 소드의 경우엔 일격필살이 아닌 지속적인 견제와 빠른 상황 대처를 통해 정진형님이나 진성 형님을 보조할 수 있도록 보다 민첩하게 움직일 수 있게 가속 마법인 헤이스트를 새긴 것이에요."

김지웅은 고개를 끄덕였다.

그 말대로 정진은 팀원들 각각의 역할과 성향을 고려해 맞춤형으로 마법을 부여한 것이었다.

"정진아, 그럼 내 무기는 어떤 마법이 들어가 있는 것이냐?"

그때까지 이야기를 듣고만 있던 강현성이 나서며 물었다.

이정진과 김지웅과 달리 주로 몬스터의 공격을 방어하고 시선을 분산시키는 역할을 하는 강현성이기에 자신에게는 어떤 것이 주어졌을지 쉽게 예상이 안 되었던 것이다.

"네, 형님 것은 여기 방패와 메이스예요."

"메이스?"

강현성은 정진이 내민 무기를 보며 고개를 갸웃거렸다.

메이스가 어떤 무기인지는 그도 잘 알고 있다.

하지만 지금까지 그는 한 손 검인 글라디우스를 사용해 왔는데, 난데없이 메이스가 주어지자 의아했다.

사실 메이스는 몬스터를 상대할 때 별로 소용이 없는 무기인 탓이었다.

왠지 뚱한 표정을 짓는 현성의 모습에 정진은 미소를 지으며 설명을 덧붙였다.

"형님은 저희 팀 아케인에서 몬스터의 공격을 막고 시선을 끄는 메인 탱커시잖아요."

"그렇지."

"그래서 여기 방패에는 실드 마법을 새겼고, 메이스에는 근력 마법인 스트랭스와 함께 일렉트릭 쇼크 마법을 각인시켰어요."

정진은 메이스에 이어 방패를 건네주며 설명을 이었다.

"'실드'는 마법이 시전되면 2m 크기의 방패가 나타나고, 메이스에 새겨진 '일렉트릭 쇼크'는 이름에서도 알 수 있듯 전기 충격을 주는 마법이에요. 실드로 방어를 하고 일렉트릭 쇼크로 공격을 하면 대상은 잠시 정신을 차리지 못하는 스턴 상태가 될 겁니다."

정진의 말에 강현성의 눈이 조금 전보다 더 커졌다.

확실히 둔기는 자신의 취향은 아니지만, 굳이 찌르지 않고 가져다 대기만 해도 대상에 충격을 줄 수 있다는 점은 흥미로웠다.

위험을 무릅쓰며 공격으로 전환하지 않고도 상대의 빈틈을 만들어낼 수 있다는 의미인 탓이었다.

자연 강현성의 입가엔 미소가 감돌았다.

사실 기존에 쓰고 있는 글라디우스도 방패를 들고 몬스터의 공격을 막을 땐 별로 사용하지도 못했다.

인간보다 월등한 힘과 덩치를 가지고 있는 몬스터를 상대하다 보니 어쩌다 한 번 쓸까 말까 할 정도로 사용 빈도가 적었다.

무지막지한 몬스터의 공격에 방패를 들고 방어하는 것만도 정신이 없었다.

그러니 대기만 해도 몬스터가 전기 충격을 받는다는 메이스는 어쩌면 현재 자신에게 가장 적합한 무기라고 판단되었다.

현성에게 설명을 마친 정진은 다음 차례인 진성과 새로 합류한 멤버인 류재욱을 돌아보며 말을 이어갔다.

"형님들 무기는 여기 크로스 보우입니다. 진성 형님은 크로스 보우가 주력 무기이시니 여기 큰 것을 사용하시고, 재욱 형님은 아머드 기어를 장만하기 전까진 여기 이것을 사용해 주십시오."

정진은 진성과 재욱에게 한쪽에 놓여 있던 크로스 보우를 건네주었다.

무기를 받아 든 두 사람은 조용히 정진을 쳐다보았다.

이제는 자연스럽게 무기에 대한 설명을 바라는 눈빛이었다.

그런 두 사람의 시선에 정진은 미소를 지으며 설명을 하였다.

"두 분의 것은 크기와 사거리, 그리고 위력만 다를 뿐, 각인된 마법은 동일해요."

정진의 말을 들은 재욱과 진성은 서로를 쳐다보며 약간 의외라는 눈빛을 띠었다.

다른 사람들은 모두 각자의 특성과 역할에 따라 다른 마법이 부여되었다.

그런데 두 사람은 외양부터 차이가 나는데 같은 마법을 사용했다 하니 의아한 생각이 든 것이다.

의아해하는 두 사람의 시선에 정진은 보충 설명을 해주

었다.

"어차피 두 분의 무기는 크기만 다르지, 같은 상황에서 사용할 것이잖아요. 그러니 역할이 다른 세 형님과 다르게 같은 마법을 새겼어요. 일단 첫 번째는 '가이드' 마법이고, 두 번째는 '샤프니스' 마법이에요. 가이드는 어떤 자세에서도 마킹된 표적에 날아갈 수 있게 해주는 마법이고, 샤프니스는 아까 말씀드린 것과 동일한 마법이에요. 그리고 시동어는 이곳 손잡이를 잡고 '온'이라고 외치면 자동으로 마법이 활성화됩니다."

정진이 설명을 마치자 팀 아케인의 멤버들은 각자 자신의 무기를 들고 이곳저곳을 살펴보느라 여념이 없었다.

그들의 입가에 걸린 미소를 보자 정진의 얼굴에서도 절로 웃음이 피어났다.

지구에 처음 게이트가 발생하고 나서 많은 시간이 흘렀다.

그동안 뉴 어스라는 신천지의 발견되어 인류가 발을 딛게 되고, 많은 변화가 이루어졌다.

몬스터 사냥을 통해 마정석을 비롯한 각종 자원들을 얻고, 던전 발굴을 통해 여러 아티팩트가 발굴되었다.

아티팩트에 부여된 속성은 치유 능력처럼 널리 알려진 것도 있고, 생소한 기능을 가진 것도 많았다.

하지만 지금 팀 아케인 멤버들의 손에 들린 것과 같이 무기에 속성이 부여된 아티팩트는 몇 점 되지 않았다.

기본적으로 아티팩트는 그 성능에 관계없이 높은 가격이 책정되어 있는 게 현실이었다.

하지만 무기의 특성을 지닌 아티팩트는 그에 비할 바가 아니었다.

이는 운용하는 데 많은 비용이 들어가는 아머드 기어가 없더라도 몬스터를 잡을 수 있게 해주기 때문이다.

그런데 지금 정진은 팀원들에게 거의 무상으로 아티팩트를 만들어준 것이나 다름없었다.

새삼 그 가치를 떠올린 멤버들의 표정이 이내 미묘해졌다.

이런 물건을 그냥 덥석 받기가 너무도 미안했기 때문이다.

"이거, 너무 고맙긴 한데, 그냥 받기가 너무 미안해서……."

"아니에요. 제 개인적인 문제로 인해 벌써 두 달이나 사냥을 가지 못했잖아요. 형님들이 곤란을 겪고 있다는 것을 잘 알고 있어요. 그리고 그거 공짜로 드리는 것 아닙니다.

열심히 몬스터를 잡아 제 연구에 도움을 주셔야 합니다."

정진은 부담스러워하는 멤버들을 보며 너스레를 떨었다.

김지웅도 자칫 어색해지려는 분위기를 바꾸기 위해 맞장구를 쳤다.

"맞아, 우리가 열심히 몬스터를 상납하고, 정진이의 마법 실력이 더 높아지면 서로 윈윈이지. 그렇게 되면 이 녀석도 더 좋은 것을 만들어줄걸?"

"네, 맞아요. 당연히 그렇게 해드려야죠. 그리고 혹시 알아요? 제 실력이 더 올라가면 타이탄 같은 것을 만들어낼 수 있을지도 모르죠."

정진은 우스개처럼 이야기를 시작했지만, 타이탄을 언급하는 순간에는 조금 진심이 담겼다.

어린 나이부터 대장간에서 아르바이트를 했기 때문인지, 정진은 뭔가를 만드는 것이 좋았다.

그리고 아머드 기어의 위용을 처음 보았을 때 꿈이 생겼다.

언젠가는 자신의 공방을 만들어 직접 아머드 기어를 만들고 싶다는 꿈이었다.

그 꿈은 탐사 마지막 날 우연히 발견한 타이탄으로 인해 살짝 방향이 수정되었다.

아머드 기어를 능가하는 엄청난 크기와 위압감.

타이탄을 본 후, 정진은 모든 사고가 멎는 듯한 충격을 받았다.

나중에 두 스승에게서 자신이 본 것이 마법 생명체인 골렘의 일종임을 알게 된 뒤로, 정진은 자신의 손으로 언젠가 타이탄을 만들고 말겠다는 목표를 가지게 되었다.

Chapter 5

세기의 재판

　팀 아케인 멤버들이 돌아간 후, 모레 있을 재판에 대한 논의를 하기 위해 이세진 변호사가 찾아왔다.

　정진이 아티팩트를 만들어낼 수 있다는 소리에 그것을 확인하러 정진의 집을 방문한 것이었다.

　"다시 한 번 묻겠습니다. 어제 아티팩트를 만들 수 있다고 한 말이 정말 사실입니까?"

　이세진 변호사는 단도직입적으로 물었다.

　그에 정진은 가방에서 팀원들의 무기를 만들어주고 남은 마정석 하나를 꺼냈다.

　지금 꺼낸 마정석은 멤버들에게 무기를 만들어줄 때 사용한 것보다 낮은 등급의 최하급 마정석이다.

멤버들의 무기에 들어간 마정석은 모두 하급으로, 그나마 현재 이정진이 구할 수 있는 최고 등급의 것이었다.

마정석은 현대 산업에 있어 없어서는 안 되는 자원이기에 국가에서 유통을 엄격하게 통제하고 있기 때문이었다.

게다가 마정석이 품고 있는 에너지는 사용하기에 따라 강력한 무기로 활용이 가능했다. 이는 곧 마정석 취급에 있어 어느 정도 자격이 있어야만 관리가 가능하다는 말이었다.

사실상 일반인은 개인적으로 마정석을 구매할 수 없다.

다만, 이정진은 헌터 자격을 갖추고 있고, 또 오랜 기간 정부의 의뢰를 수행해 왔기에 하급 마정석이라도 구매할 수 있는 것이었다.

그나마도 개인이 구매할 수 있는 마정석은 하급이 최고였다.

하급 마정석 역시 활용하기에 따라 무기로 전용할 수 있겠지만, 그러려면 엄청난 숫자의 마정석을 확보해야만 한다.

그러니 굳이 무기를 만들기 위해 마정석을 구입하는 사람은 없을 것이라 판단하여 어느 정도 거래가 허락된 것이었다.

헌팅 프론티어

물론 정진은 그런 규제까진 모르고 그저 이정진에게 마정석 구입을 부탁했을 뿐이지만.

어쨌든 정진은 최하급 마정석을 이세진이 잘 볼 수 있도록 꺼내놓고 설명을 이어갔다.

"잘 보세요."

정진은 테이블 서랍을 열어 작은 반지 하나를 꺼냈다.

그러고는 한 손에 반지와 최하급 마정석을 들고 마나를 집중시켰다.

우웅.

조용했던 연구실에 이내 작은 공기의 떨림이 생기며 미약한 소음이 흘러나왔다.

동시에 정진의 손에서 빛이 흘러나왔다.

"어?"

이세진은 깜짝 놀라 눈이 휘둥그레졌다.

이전에 정진이 하는 마법 시연을 본 적은 있지만, 아티팩트를 만드는 모습은 또 다른 충격으로 다가왔다.

정진은 그러거나 말거나 손에 든 반지와 마정석에 정신을 집중했다.

그러자 곧 밝은 빛에 휩싸인 반지와 마정석이 서서히 공중으로 떠올랐다.

'저게 어떻게 된 일이지? 이 사람은 대체 어떤 능력을 가지고 있는 거야?'

이세진은 이제 재판보다 정진이 가진 능력에 더욱 관심이 갈 지경이었다.

그때, 공중에서 반지와 마정석이 변형되기 시작했다.

그것들은 마치 물처럼 녹아내리는가 싶더니, 어느새 하나로 합쳐졌다.

"헛……."

물처럼 녹아 하나가 된 반지와 마정석이 허공에서 회전을 하더니 다시 작은 반지의 모양으로 변했다.

하지만 처음 보았던 반지와는 달랐다.

마치 레이저로 문양을 새기듯 테두리에 기이한 문양이 그려진 것이다.

작업이 끝나고 반지를 손에 쥔 정진은 안도의 한숨을 쉬었다.

마법사의 불을 이용하는 아티팩트 제작은 고도의 집중력이 요구되는 일이었기에 작업이 끝나자 그제야 긴장이 풀린 것이었다.

잠시 마음을 진정시킨 정진은 반지에 새겨진 마법진을 살폈다.

혹시나 실수한 곳은 없는지 점검하는 것이었다.

꼼꼼히 살펴보았지만, 잘못된 부분은 보이지 않았다.

사실 의념 마법으로 하는 작업이니 실수를 할 일이 없었다.

정진이 반지에 새길 마법을 잘못 이해하거나 집중력이 흐트러지지 않는 이상 실수란 있을 수 없는 일인 것이다.

"1회용 아티팩트입니다."

확인이 끝난 반지를 이세진에게 내밀며 정진이 말했다.

"네? 이게 아티팩트란 말입니까?"

"네. 그 반지는 실드 마법이 새겨진 것으로, 지름 1m의 에어 실드를 생성합니다."

"와, 이 작은 반지에서 1m 크기의 방패가 만들어진다는 말씀이죠?"

"그렇습니다. 다만, 사용된 마정석이 최하급이라 다섯 번 정도 사용하면 마정석이 가지고 있던 에너지가 모두 사라집니다."

정진은 자신이 아티팩트를 만들 수 있다는 것을 보이기 위해 만든 것이라 이번에는 굳이 마력 충전 마법진을 새기지 않았다.

정진이 팀 멤버들에게 만들어준 무기에는 모두 마력 충전 마법진이 새겨져 있었다.

물론 하급 마정석을 사용한 것이라 마력 충전 마법진을 각인시켰다 해서 무한정 사용할 수 있는 것은 아니었다.

기껏 해봐야 하급 마정석이 품고 있는 마나를 모두 소모하기 전에 두세 번 정도 더 사용할 수 있는 정도만 불과했다.

만약 중급 이상의 마정석을 무기에 사용했다면 이야기는 달라졌을 테지만 말이다.

중급의 마정석이라면 무기에 새겨진 마법을 가동시키고도 상당한 마나가 남게 된다. 그러니 마력 충전 마법진을 가동하는 데 충분한 마나를 공급하는 것이 가능하다.

그런 후에 마법진은 공기 중에 퍼져 있는 마나를 끌어모아 마정석이 소모한 마나를 조금씩 충전해 아티팩트를 반영구적으로 사용할 수 있었을 것이다.

지금 당장은 먼 이야기지만 말이다.

어쨌든 지금 이세진은 정진이 만든 반지를 홀린 듯 쳐다보며 물었다.

"최하급 마정석으로 이러한 아티팩트를 만들었다는 말씀이시죠?"

"변호사님도 방금 보지 않으셨습니까?"

이세진은 한동안 말을 잇지 못했다.

분명 눈으로 직접 확인을 했지만, 도저히 자신의 상식으로는 있을 수 없는 현상이었다. 그 결과물을 손으로 만지고 있으면서도 쉽게 믿을 수가 없었다.

"하, 이걸 모레 법정에서도 보여주실 수 있겠습니까?"

"물론 가능합니다. 그런데 꼭 그래야 합니까?"

정진은 자신의 능력을 너무 공개하는 것은 아닌지 걱정이 되었다.

하지만 이세진의 태도는 단호했다.

"네, 그래야만 합니다. 그래야 저들이 어떤 변명도 할 수 없습니다. 정진 씨로서도 이번 재판을 하루빨리 끝내야 하지 않겠습니까?"

이세진은 정진이 현재 처한 상황을 잘 알고 있었다.

재판이 지지부진하게 시간만 끄는 것은 결코 바람직하지 못했다.

정진이 사냥을 가지 못하는 것은 물론이고, 자신 또한 언제까지 이 재판에만 매달려 있을 수가 없었다.

그렇기에 하루라도 빨리 재판을 끝내는 것이 두 사람을 위해 좋은 일이었다.

그래서 나온 전략이 바로 이것이었다.

정진이 아티팩트를 만들 수 있음을 많은 사람들의 눈앞에서 직접 시범을 보이는 것.

그렇게 되면 정진이 굳이 아티팩트를 훔칠 필요가 없다는 인식을 심어줄 수가 있었다.

물론 그게 정진이 아티팩트를 훔치지 않았다는 것을 증명하지는 않지만, 효과는 대단할 것이 분명했다.

사람들의 사고는 생각보다 단순하다.

직접 만들 수 있는데 굳이 위험을 감수해 가며 훔치겠냐는 생각이 드는 것은 당연했다.

물론 검사 측에서는 그에 대해 반박하겠지만, 그 또한 이세진은 받아칠 준비가 충분했다.

"뭐, 그렇게 말씀하신다면 해야겠지요."

"감사합니다, 제 말을 들어주셔서. 아, 그런데 혹시 다른 종류의 아티팩트도 만들 수 있으십니까?"

이세진은 정진의 허락이 떨어지기 무섭게 은근한 목소리로 물었다.

"네, 어떤 것 말씀이십니까?"

정진은 갑자기 목소리를 낮추며 은밀히 물어오는 이세진의 모습에 고개를 갸웃거리며 되물었다.

"그거 있잖습니까? 외국에선 정력을 올려주는 아티팩트

도 발견되었다고 하던데…….”

이세진은 직접 말로 설명하기가 부끄러운지 말끝을 얼버무렸다.

하지만 정진은 확실하게 알아들었다.

이세진 변호사가 무엇을 원하는 것인지 말이다.

‘음, 보이는 것과 다르게 이 사람의 정력이 좀 부족한가 보구나.’

이세진이 무슨 의도로 그런 질문을 했는지 알아차린 정진은 해맑게 미소를 지으며 대답했다.

“물론 만들 수 있습니다. 다만, 마정석의 등급이 낮아 그 효용이 오래가지는 않습니다.”

물론 직접 몬스터를 사냥해서 질 좋은 마정석을 확보할 수도 있지만, 그건 굳이 말하지 않았다.

하지만 정진의 답변을 들은 이세진은 그것만으로도 충분하다는 듯 표정이 급격히 밝아졌다.

“아, 알겠습니다. 그럼 말입니다, 혹시 재판에서 승소하게 되면 수임료를 그것으로 대신 받을 수 없겠습니까?”

이세진은 간절한 표정을 지으며 부탁했다.

그런 이세진의 눈빛에 정진은 자신도 모르게 고개를 끄덕이며 대답했다.

"알겠습니다. 뭐, 저야 그러면 더 좋죠."

"감사합니다. 이 일이 여간 스트레스를 많이 받는 직업이다 보니… 아니, 그게 아니라… 음, 잘 부탁드립니다."

이세진은 차마 말하기 부끄럽다는 듯 말을 돌리며 정진의 손을 두 손으로 꽉 잡았다.

어찌 보면 순진하기 짝이 없는 이세진의 모습에 정진은 헛웃음이 나왔다.

'얼마나 간절하면…….'

정진이 어찌 생각하든 간에 이세진 변호사는 정말 너무도 기뻤다.

변호사, 그것도 헌터를 주로 상대하는 헌터 분쟁 전문 변호사인 이세진은 물질적으론 정말 남부러울 것 없는 삶을 누리고 있었다.

하지만 단 한 가지, 그에게 말 못할 고민이 있었으니…….

그것은 바로 그가 고개 숙인 남자라는 것이었다.

아무리 호화로운 삶을 산다고 해도 무릇 자존심이라는 것이 있다.

그중에서도 수컷으로서 자신의 암컷을 만족스럽게 해주지 못한다는 것은 치명적인 일이었다.

물론 이세진의 부인이 그런 이유로 외도를 하지는 않았다.

다만, 부부 생활에서 만족하지 못한 불만을 다른 쪽으로 쏟아내는 것이 문제였다.

이세진은 만약 자신이 남자로서 힘을 되찾는다면 그런 일은 벌어지지 않을 거라 생각했다.

꼭 그런 문제가 아니더라도 자신감 회복은 이세진에게 중요했다.

이제 겨우 40대 초반인 그는 벌써부터 남성으로서의 기능에 어려움을 겪고 있다는 사실 때문에 심리적으로 위축되고, 쉽게 남들과 어울리지 못하고 있었다.

하지만 그 문제만 해결된다면, 앞으로의 인생은 지금과는 사뭇 달라질 것이다.

자신감 있게 사람들을 리드하며 많은 인간관계를 맺어 나가는 모습.

상상만 해도 멋지지 않은가.

이세진은 벌써부터 기분이 좋아졌다.

✝   ✝   ✝

서울중앙지방법원.

법정 안은 재판이 시작하기 전부터 무척이나 어수선하였다.

재판 기간이 길어지면서 단순한 헌터와 헌터 클랜 간의 분쟁이 아니라는 사실이 알려졌다.

정진이 얼마 전 전 세계를 떠들썩하게 만든 최초의 복귀자임이 밝혀진 것이다.

그러다 보니 최초 복귀자와 대기업 산하 헌터 클랜의 아티팩트 절도 공방은 사람들의 흥미를 끌기에 충분한 이야깃거리였다.

땅! 땅! 땅!

— 지금부터 제00710호 아티팩트 절도 사건을 심의하겠습니다.

안내 방송이 나가자 장내는 순간 조용해졌다.

하지만 여기저기서 다시 웅성거리는 소리가 흘러나왔다.

저마다 재판이 어떻게 흘러갈지 의견을 교환하느라 여념이 없는 것이었다.

잠시 후, 재판장에 담당 판사가 들어오며 재판이 시작되었다.

"검찰 측 심문하세요."

담당 판사의 말이 떨어지기 무섭게 이검안 검사는 자리에서 일어나 정진을 보며 심문을 시작했다.

하지만 지금까지의 재판에서 그가 내내 주장했던 내용과 하나도 달라진 것 없는, 평범한 내용이었다.

상식적으로 한 달도 되지 않은 시간에 일반인이 몬스터를 상대로 엄청난 능력을 발휘할 수는 없다는, 빤한 이야기다.

한차례 이검안 검사의 심문이 끝나자 이세진 변호사는 작정한 듯 강하게 나섰다.

"판사님, 현재 검사 측은 제 의뢰인에 대한 어떠한 혐의도 증명하지 못했습니다. 벌써 다섯 번째 열리는 재판에서 계속해서 같은 말만 반복하고 있습니다. 저희가 이미 제출한 증거들만으로도 분명 무고가 확실한데, 언제까지 제 의뢰인이 아무런 일도 하지 못하게 단순한 의혹만으로 재판을 계속해야 하는 것입니까."

이세진은 검사가 계속해서 같은 말만 반복하고 있다는 사실을 주지시키며, 이미 몇 번이고 부정된 사안을 가지고 재판을 지연시키고 있음을 지적했다.

무언가 구린 구석이 있음을 간접적으로 설파하는 것이었다.

그러고는 공격의 고삐를 더욱 조이며 말을 이어 나갔다.

"검찰 측은 그동안 제 의뢰인이 뉴 어스에서 이계인들을 만나 몬스터를 물리칠 수 있는 힘을 얻었다는 사실을 부정하고, 노태 클랜이 발굴하던 던전에서 아티팩트를 훔쳐 그것을 토대로 몬스터를 잡아 부당이득을 취한다고 주장해 왔습니다. 그런데 그 어디에도 제 의뢰인이 사용했다는 아티팩트에 대한 정확한 형태나 기능을 설명할 자료가 없습니다. 즉, 고소인은 그저 헌터가 아니었던 의뢰인이 엄청난 능력을 가지게 되었다는 사실만 가지고 억지 주장을 펼치고 있는 것입니다."

이세진 변호사는 법정 내를 천천히 한 바퀴 돌며 재판장 분위기를 이끌었다.

그런데도 검찰에선 어떤 반론도 하지 못하고 지켜보기만 할 뿐이었다.

그럴 수밖에 없는 것이, 그들도 지금 벌어지고 있는 재판이 억지란 것을 잘 알고 있는 탓이었다.

그저 정황증거만으로 고소가 접수되고, 영장이 발부되었다.

조사 과정에서 어떤 증거도 나오지 않았음에도 재판까지 이르렀다.

이검안이나 검찰에선 노태 그룹을 믿고 억지로 재판을 진행한 것인데, 시간이 지나도 아무런 증거도 나오지 않자 당황했다.

더욱이 재판을 진행하면서 고소 당시에 미흡하던 자료를 보충했는데, 오히려 노태 클랜에서 조작한 자료라는 증거가 나왔다.

그것만으로도 기소가 중단되고 내부 조사에 들어갈 만한 일이었다.

하지만 로비를 받은 담당 판사에 의해 재판이 연기되며 지금에 이르게 되었다.

사실 이검안이나 담당 판사인 안현준은 더 이상 재판을 끌었다가는 문제가 더 커질 수 있다는 판단에 그만 모든 것을 끝내고 싶었다.

하지만 고소인이 노인태라는 것이 문제였다.

국내 굴지의 재벌인 노태 그룹을 뒷배로 두고 있는 인사인 것이다.

이미 이번 재판과 관련하여 법조계의 많은 이들이 물밑으로 노태 그룹과 얽혀 있었다.

그런 상황에서 자칫 불리한 판결을 내렸다가는 앞날에 문제가 생길 것은 불 보듯 뻔한 일이었다.

그러니 이검안과 안현준은 이러지도 저러지도 못하는 중

이었다.

그런데 지금, 이세진이 생각지도 못한 강력한 카드를 꺼내 들었다.

"이렇게 제 의뢰인의 무죄가 명명백백한 상황에서 계속해 판결을 미룬다면, 저는 정식으로 법원에 판사 교체 청구를 하겠습니다."

이는 안현준 판사에 대한 불신임을 공식적으로 제기하는 것으로, 그만큼 이세진이 이번 판결에 대해 자신감을 가지고 있다는 뜻이기도 했다.

웅성웅성.

생각지도 못한 이세진의 강공에 일순 장내가 소란스러워졌다.

땅! 땅!

"변호인, 말을 삼가세요."

안현준 판사는 잔뜩 굳어진 표정으로 자신을 몰아붙이는 이세진에게 주의를 주었다.

하지만 이세진 변호사에게는 아직 마지막 카운터가 남아 있었다.

"지금부터 제 의뢰인이 거짓말을 하지 않았다는 것을 이곳에 계신 모든 분들께 보여 드리겠습니다."

이세진은 준비했던 퍼포먼스를 보여주기 위해 정식으로 판사에게 요청했다.

"지금 제 의뢰인이 자신의 무고를 증명하기 위해 시범을 한 가지 보일 것입니다. 준비물이 좀 필요한데, 사용해도 되겠습니까?"

"음, 허락합니다."

안현준 판사는 조금 불안하기는 했지만, 일단 요청을 받아들였다.

여기서 거부했다가는 판사 교체라는 최악의 상황으로 치달을지 모르기에 어느 정도 공정함을 내보일 필요가 있기 때문이었다.

그러자 이세진은 사전에 준비된 가방을 들고 앞으로 나왔다.

탁.

그는 가방을 법정 중앙에 있는 테이블 위에 모두가 잘 볼 수 있도록 올려놓았다.

법정에 모인 많은 사람들은 그런 이세진 변호사의 의도에 따라 테이블 위에 놓인 가방을 주시했다.

"지금부터 보실 시범은 제 의뢰인이 무고함을 증명하기 위해서입니다. 모두들 너무 놀라지 말고 지켜보시기 바랍니다. 정정진 님, 나와주십시오."

이세진은 정중한 음성으로 장내의 모든 사람들에게 이해를 구하고는 정진을 불렀다.

그러자 지금까지 조용히 자리해 있던 정진이 경쾌한 걸음으로 테이블 앞으로 향했다.

그의 걸음에선 그 어떤 불안감이나 망설임도 찾아볼 수 없었다.

이윽고 법정 한가운데 멈춰 선 정진은 빙그레 미소를 지으며 검사가 자리하고 있는 쪽을 돌아보았다.

자신만만한 정진의 태도에 이검안 검사와 한세현 검사, 그리고 방청석의 노인태와 비서 최성규는 절로 표정이 굳어졌다.

무언가 상황이 자신들에게 불리하게 돌아갈 것임을 직감적으로 알아차린 것이다.

그들이 채 반응하기도 전에 정진의 입이 열렸다.

"지금부터 보여 드릴 것은 제가 뉴 어스에서 만난 스승들에게 마법이란 것을 배웠으며, 아티팩트를 직접 만들 수 있다는 것을 증명하기 위한 것입니다. 물론 제가 아티팩트를 만들 수 있다는 사실과 아티팩트를 훔치는 일에 직접적인 상관관계가 있는 것은 아닙니다. 하지만 협회에 보고한 저의 말이 거짓이 아님은 증명될 것입니다."

말을 마친 정진은 가방 안에서 평범한 반지와 최하급 마정석을 꺼내 들었다.

정진은 사람들에게 보다 확실하게 보여주기 위해 조금은 과장되게 행동을 하면서 사람들의 시선을 모았다.

"합!"

짧게 기합성을 지른 정진은 양팔을 뻗어 힘을 모으는 듯한 자세를 취했다.

사실 이런 행동은 아티팩트를 만드는 데 전혀 불필요한 행동이지만, 사람들에게 극적인 모습을 보이기 위해서는 어느 정도 쇼맨십이 필요했다.

하지만 그런 사실을 알 리 없는 방청석의 사람들은 물론이고, 이검안이나 안현준 또한 말없이 정진의 모습을 주시했다.

잠시 후, 정진의 양손이 밝은 빛에 휩싸였다.

"헉!"

"아니, 저게 어떻게 된 거야?"

여기저기서 놀라 소리치는 말들이 들려왔다.

정진은 자신의 계획대로 되어가고 있다는 생각을 하며 양손에 마나를 집중했다.

그러자 곧 손안에 있던 반지와 마정석이 공중으로 떠올랐다.

그러자 장내는 더욱 소란스러워졌다.

하지만 이를 제지해야 할 판사마저도 정진이 지금 행하는 시연에 정신이 팔려 그냥 지켜볼 뿐이었다.

공중에 떠오른 반지와 마정석은 어느새 물처럼 녹아 섞이고 있었다.

사람들은 그저 입을 벌리며 지켜보기만 할 뿐이었다.

조금 전과 달리 이제는 소리조차 지르지 못했다.

정진은 이세진 변호사가 수임료 대신 부탁한 아티팩트를 만들기 위해 바이탈리티 마법을 반지에 각인시켜 나갔다.

지금 당장이야 재판 중이니 증거물로 보관되겠지만, 재판이 끝나고 나면 돌려받을 테니 나중에 따로 만들어줄 필요 없이 지금 제작을 하려는 것이었다.

정진은 이왕 만들어 주는 것, 그의 직업을 생각해 한 가지 마법을 더 집어넣었다.

물론 그렇게 되면 반지의 사용 기간이 줄어들겠지만, 지금보다 더 많은 변호사 수임을 할 수 있을 것이기에 그렇게 하기로 하였다.

정진이 선택한 마법은 바로 프렌들리 마법이었다.

의뢰인을 만날 때나 재판을 할 때 상대에게 호감을 살 수 있다면 많은 도움이 될 것이라는 생각에서였다.

✝　　　　　✝　　　　　✝

　엄청난 사실이 전 세계로 퍼져 나갔다.

　게이트가 발생한 것만큼이나 놀라운 소식이 대한민국 서울에서부터 전 세계로 빠르게 알려졌다.

　마법이 실존한다는 것이 공식적으로 증명된 것이다.

　게이트 너머 뉴 어스에만 존재한다고 알려진 마법이란 능력이 현대에, 그것도 지구인에 의해서 실현되었다는 소식은 많은 사람들을 흥분하게 만들었다.

　단순히 헌터 클랜과 헌터의 재판이었던 것이 마법 시연으로 인해 걷잡을 수 없이 커져 버렸다.

　더욱 놀라운 점은 그 헌터가 뉴 어스에서 낙오되었다가 한 달 만에 자력으로 복귀한 사람이란 사실이었다.

　미국이나 러시아 등 세계 각국은 정진에 대한 소식을 듣자마자 발 빠르게 움직였다.

　수없는 혜택을 보장하며 귀화를 추진하거나 각종 연구나 학문에 도움을 얻기 위해 초청 요청이 쇄도한 것이다.

그에 따라 다급해진 곳이 있었다.

바로 대한민국 정부였다.

†   †   †

청와대 대통령 집무실.

최대환 대통령은 내무부 산하 헌터 관리청장 박용욱과 국가정보원 5국장 전용현을 불러 보고를 받고 있었다.

"그러니까 박 청장의 말은 그 사람이 정말로 아티팩트를 훔치지 않았고, 심지어 아티팩트를 직접 만들 수 있다는 것이지요?"

차분한 음성의 최대환 대통령의 물음에 박용욱 청장은 얼른 대답을 했다.

"예. 제가 알아본 바에 따르면, 노태 클랜의 노인태 사장이 정정진 헌터가 생환한 후에 처분한 엄청난 양의 마정석에 욕심을 내 무리수를 둔 것이라 파악됩니다."

박용욱 청장은 바짝 긴장한 채 자신이 들은 정보를 토대로 추론한 내용을 들려주었다.

최대환 대통령은 고개를 돌려 전용현 5국장을 바라보았다.

국정원 5국은 대한민국에 게이트가 발생한 후년에 꾸려진 조직이다.

주 업무는 몬스터 퇴치와 게이트 발생 지역 감찰이지만, 차후 헌터란 직업이 생겨나면서 이들에 대한 감찰을 하는 업무도 추가되었다.

무기 소지가 불법인 대한민국에서 민간인 신분으로는 유일하게 합법적으로 무기를 소지할 수 있는 존재가 헌터라는 이들이기에 소재 파악이나 동향 감시를 하지 않을 수 없었다.

더욱이 헌터는 일반인과 달리 엄청난 신체 능력을 가지고 있었다.

그러니 정부로서는 이들을 항상 예의 주시해야 할 필요성이 있어 국가 정보기관인 국가정보원 5국의 업무로 편성을 한 것이다.

즉, 헌터에 관한 정보를 가장 많이 가지고 있는 기관 중 하나라고 할 수 있었다.

"전 국장."

"예."

"국장은 어떻게 생각하세요?"

"박용욱 청장의 말이 맞습니다. 저희가 파악한 정보에 의하면, 노태 클랜의 노인태 사장은 생환자인 정정진 헌터가 교환한 마정석의 양이 10억 원 상당의 막대한 양이란 것을 알고 이번 일을 꾸민 것으로 보입니다."

전용현은 국정원 5국 요원들로부터 이번 사건의 전말에 대하여 상세한 내용을 보고받았기에 보다 자세한 이야기를 덧붙였다.

"정정진 헌터는 석 달 전 노태 클랜이 탐사하는 흰머리산 던전 발굴에 계약직으로 참여를 했다가 사고를 당해 실종이 되었습니다. 다들 사망했을 거라 추정했는데, 한 달 뒤에 저희 정부의 의뢰를 받아 노태 클랜을 감시하던 프리랜서 헌터인 이정진과 함께 복귀를 하였습니다. 정정진 헌터는 던전 내부를 탐사하는 팀에 참여를 했다 실종된 것으로 알려진 상태였고, 이정진 헌터는 몬스터의 습격으로 인해 본 탐사대와는 따로 떨어져 복귀를 하였다고 합니다."

최대환 대통령은 두 사람의 일치되는 보고에 잠시 눈을 감고 생각을 정리했다.

"그런데 정말로 마법이란 게 실존하는 것인가요?"

최대환 대통령은 아직도 믿기지 않는지 전용현 국장에게 다시 물었다.

"예, 저희는 그렇게 믿고 있습니다. 정정진 헌터가 생환

다음 날 헌터 협회에 출석해 당시 상황을 진술할 때 저희 직원도 그 자리에 있었는데, 마법 시연을 직접 눈으로 보았다고 합니다."

헌터 협회의 정진에 대한 조사 당시, 그 자리에 참석했던 직원의 보고를 뒤늦게 확인한 전용현은 확신에 찬 목소리로 대답을 하였다.

하지만 이어진 최대환 대통령의 반응은 그의 예상을 넘어섰다.

탕!

최대환 대통령이 집무실 탁자를 세게 내려친 것이었다.

갑작스러운 대통령의 돌발 행동에 전용현 국장은 물론이고, 옆에 있던 박용욱 청장까지 움찔하였다.

"그런 중요한 내용을 왜 보고를 하지 않은 것인가!"

대통령의 호통에 박용욱 청장이나 전용현 국장은 아무런 말도 하지 못했다.

또한 그들의 상관이라 할 수 있는 내무부 장관과 국정원장도 꿀 먹은 벙어리가 되었다.

두 사람은 부하 직원의 실책이 자신들의 관리 책임 문제로 옮겨질까 노심초사하는 마음으로 대통령의 반응을 살폈다.

현재 대한민국은 많은 국가들로부터 압력을 받고 있었다.

직접적으로 언급을 하는 것은 아니지만, 미국을 필두로 주변 강대국인 중국과 러시아, 일본에서 은근한 압력이 들어왔다.

헌터 산업 최선두에 있는 미국은 물론이고, 전 세계 마정석 수출의 1/3을 차지하고 있는 중국의 입장에서 볼 때, 정진의 존재는 무척이나 심각한 사안이었다.

단순히 아티팩트를 만든다는 사실이 중요한 것이 아니라 그것이 헌터 산업 전반에 어떤 영향을 미칠지 알 수 없기 때문이었다.

한 가지 명확한 것은 어떤 결과가 나오든 자국에 이득이 되는 방향은 아니란 것이다.

향후 정진의 행보에 따라 헌터 산업의 변화는 불가피했다.

마법과 아티팩트 제작이라는 요소는 헌터 산업의 기본부터 뒤집을 수 있는, 엄청난 사건이었다.

정진과의 관계 형성에 따라 각국의 산업과 영향력이 보다 발전하거나 하락하는 결과가 나올 것이다.

그러니 미국과 중국은 물론이고, 러시아와 일본도 정진의 신병을 확보하기 위해 은근한 압력을 행사하며 발 빠르게 움직이고 있는 것이었다.

그런데 정작 최대환 대통령은 자신이 통치하는 대한민국에서 어떤 일이 벌어지고 있는지 전혀 알지 못하고 있었다.

최대환은 그것이 화가 났다.

또한 자국의 국민을 대상으로 외국이 큰소리를 치고 있는 것 또한 마음에 들지 않았다.

"권해중 총리."

"예, 대통령님."

"총리는 이런 내용을 알고 있었습니까?"

최대환 대통령은 사사건건 자신과 대립각을 세우는 권해중 총리를 돌아보며 물었다.

"아닙니다. 저도 오늘 아침에야 보고를 받았습니다."

비록 권해중 총리가 최대환 대통령과 마찰을 일으키며 행보에 제동을 걸고는 있지만, 국가수반인 대통령과는 엄연한 격의 차이가 있었다.

게다가 화를 내고 있는 대통령을 앞두고 허튼소리를 할 분위기가 아니기에 권해중 총리는 조심스럽게 대답을 하였다.

"도대체 어떻게 이런 일이 있을 수 있단 말입니까! 뉴 어스에서 낙오되었던 사람이 몬스터의 위협을 뚫고 한 달 만에 기적적으로 생환을 했습니다! 그런 사람에 대한 보고가 지금껏 전혀 올라오지 않았다는 것은 지휘 계통에 문제가 있다는 것 아닙니까? 다른 것도 아니고, 뉴 어스와 관련된 문제입니다!"

꿀 먹은 벙어리처럼 아무런 말도 하지 못하고 있는 총리와 주요 장관들을 돌아본 대통령은 그 모습에 더욱 화가 나는지 다시 한 번 테이블을 내려쳤다.

탕!

서슬 퍼런 대통령의 기세에 총리와 장관들은 잔뜩 움츠러들었다.

입이 있어도 차마 할 말이 없기 때문이었다.

앞으로의 정국에 있어 한바탕 변화를 예고하는 대통령의 분노가 청와대 집무실을 가득 채워갔다.

노태 그룹 회장실.

짝!

노인태는 갑자기 날아온 따귀를 그대로 얻어맞았다.

"어이쿠!"

갑작스런 노태규의 호출에 급히 달려왔는데, 말도 꺼내기 전에 따귀가 날아온 것이다.

게다가 엉겁결에 맞다 보니 그 충격이 더했다.

노인태가 아무리 헌터의 신체를 갖고 있다고 해도 방심한 상태에서 당한 일격이라 일반인의 반응과 다르지 않았다.

"이제 어떻게 할 작정이냐?"

노태규는 비틀거리는 노인태를 보며 차갑게 물었다.

밑도 끝도 없는 질문에 노인태는 선뜻 대답을 하지 못했다.

아니, 대답은 고사하고, 아직 뺨에서 느껴지는 통증에서 정신도 차리지 못한 상태였다.

"이걸 확! 어서 대답 안 해? 이제 어떡할 거냐고!"

"그게…….'

노인태는 불같은 호통에 쉽게 대답을 찾지 못했다.

무엇 때문에 노태규가 이리 화가 나 있는 것인지 전혀 파악할 수가 없기 때문이었다.

노태규의 눈엔 아직도 분노가 가득 차 있었다.

"아무런 잡음 없게 하겠다고, 확실하다고 하지 않았나?"

낮고 잔잔한 노태규의 목소리에 노인태는 순간 눈앞이 캄캄해지는 것만 같았다.

'이크, 화가 단단히 나셨구나!'

노인태는 노태규의 나지막한 목소리 안에 담긴 분노를 느낄 수 있었다.

노태규가 가장 화가 났을 때 어떻게 목소리가 변하는지, 어릴 적부터 너무도 잘 알고 있기에 노인태는 잔뜩 긴장했다.

그러면서 최대한 현재 상황을 벗어나기 위해 머리를 굴렸다.

하지만 아무리 머리를 굴려봐도 뚜렷하게 떠오르는 묘안이 없었다.

"당장 재판 그만둬!"

"아버지!"

노인태는 노태규의 말에 깜짝 놀랐다.

재판을 그만두라니…….

정진이 가진 능력을 알게 된 후로 노인태는 더욱 애가 탔다.

그렇기에 정진과의 재판을 그만둔다는 것은 상상도 할 수 없는 일이었다.

만약 정진의 능력을 가질 수만 있다면 세상 그 무엇도 자신을 막을 수 없을 것이란 망상에 빠진 노인태는 이제 아무

것도 보이는 것이 없었다.

"절대 그럴 수 없습니다."

"뭐? 너 지금 뭐라고 했나?"

"그럴 수 없다고 했습니다."

노인태는 조금 전, 비굴하던 모습과는 전혀 다르게 노태규를 똑바로 쳐다보며 대답을 하였다.

평소와 다른 노인태의 태도에 노태규도 한 발 뒤로 물러나고 말았다.

생각지도 못한 반응에 놀란 것이다.

한 번도 자신에게 대든 적이 없던 노인태가 강하게 달려들자 뭐라고 대응할 말도 나오지 않았다.

부릅뜬 눈으로 노려보는 노인태는 모습에선 마치 몬스터의 광기마저 느껴졌다.

이미 이성이 날아간 노인태에게 설득은 의미가 없었다.

정진과 연관된 문제에 한해선 그 어떤 말도 귀에 들어오지 않았다.

그의 뇌리엔 그저 정진이 가진 것이 자신의 것이 되어야 한다는 억지만 가득 차 있었다.

정진이 가진 모든 것이 원래 자신의 것이라 생각하자 정진에 대한 분노가 저 가슴 깊은 곳에서 피어나고 있었다.

그런 모습을 옆에서 지켜보던 노태규는 이젠 자신이 아들을 통제할 수 없음을 깨달았다.

'저놈이 미쳤군, 미쳤어.'

그랬다.

노태규가 보기에 노인태는 뭔가에 단단히 씌어 있었다.

노인태의 시선은 이미 이곳에 없는 누군가를 향하고 있고, 그 눈빛 깊은 곳에서 광기가 피어올랐다.

✝   ✝   ✝

서초동 이&정 법률 사무소.

"하하하, 보셨습니까?"

이세진 변호사는 크게 웃으며 정진에게 법원 판결문을 보여주었다.

그의 손에 들린 판결문에는 원고 노태 클랜의 주장이 근거가 없으므로 고소를 취하한다고 적혀 있었다.

판결문을 확인한 정진은 빙그레 미소를 지었다.

"그럼 이제 재판은 끝난 것입니까?"

"그렇습니다. 그날 재판장에서 아티팩트를 만드는 퍼포먼스는 대성공이었습니다."

이세진은 법정에서 보인 정진의 마법 시연으로 인해 판사도 어쩔 도리가 없어졌다는 것을 이미 알고 있었다.

그날의 분위기는 자신들에게 확연하게 기울어 있음을 알았기에 재판 결과를 기다리는 내내 어떤 불안감도 없었다.

물론 원고가 재심을 청구할 수도 있다는 생각을 하기는 했지만, 이미 결과는 빤히 나와 있는 문제였기에 그것 또한 걱정하지 않았다.

그렇지만 결과가 이리 빨리 나올 줄은 예상하지 못했다.

보통 재판 결과라는 것이 빠르면 일주일에서 늦게는 한 달 이상도 걸리기 마련이다.

그런데 이례적으로 바로 재판 결과가 나오자 너무도 기쁜 나머지 바로 의뢰인인 정진을 불러 알려준 것이다.

물론 재판 결과가 나왔으니 의뢰비를 대신할 아티팩트를 빨리 받고 싶은 마음도 적지 않게 작용했다.

"저, 그럼 결과도 나왔으니⋯⋯."

이세진은 문득 말끝을 흐렸다.

자신의 입으로 직접 말을 하기가 조금 꺼려졌기 때문이다.

"뭘 그리 빼십니까, 그렇지 않아도 이렇게 준비해 왔습니다."

정진은 미소와 함께 안쪽 주머니에서 작은 반지 케이스를 하나 꺼냈다.

별다른 장식 없이 그저 나무로 된 작은 상자였다.

정진이 내민 반지 상자를 받아 든 이세진은 조심스럽게 열었다.

딸깍!

상자 안에는 기하학적 무늬가 수놓아진 금반지 한 쌍이 들어 있었다.

"아니, 이건……."

이세진도 아티팩트가 얼마나 비싼 물건인지 잘 알고 있었다.

그 때문에 의뢰 비용 대신 아티팩트를 부탁할 때 얼마나 조심스러웠던가.

그런데 상자 안에는 한 개도 아니고, 한 쌍이 들어 있었다.

"혼자 좋은 것을 가지면 되겠습니까. 사모님과 함께 나눠야지요."

정진은 이미 이세진 변호사가 자신에게 의뢰 비용 대신 아티팩트로 받을 수 없냐는 부탁을 했을 때 그의 처지를 짐작했다.

더욱이 바이탈리티 마법은 같은 종류의 마법이 근처에 있으면 더욱 좋은 영향을 받는다.

두 개가 겹친다고 해서 그 효능이 두 배가 되는 것은 아니지만, 그래도 약간은 영향을 받아 원래보다 더욱 뛰어난 효과가 나타나는 것이다.

그렇기에 정진은 이세진 변호사 부부의 안녕을 위해 하나를 더 만들어 부부가 함께 사용할 수 있게 만들었다.

어차피 자신이 직접 마나를 넣어 만든 것이기에 원가는 얼마 들지 않았다.

감격한 표정으로 반지를 들여다보며 기뻐하는 이세진 변호사의 모습에 정진은 절로 기분이 좋아졌다.

†   †   †

불 꺼진 사무실.

노태규 회장은 의자에 앉아 심각하게 고민하고 있었다.

오늘 낮, 노인태가 보인 반응은 그만큼 충격적이었다.

"이걸 어떻게 한다?"

현재 돌아가는 분위기는 그야말로 최악이었다.

재판 당사자인 노태 클랜뿐 아니라 노태 그룹 전체에 안 좋은 쪽으로 인식이 쌓이고 있었다.

TV는 물론이고, 신문이나 기타 매체에서도 노태 클랜과 헌터 간에 벌어진 재판에 대한 이야기뿐이었다.

더욱이 대기업인 노태 그룹이 뒤에서 조종을 해 헌터 개인에게 누명을 씌우려 했다는 논조가 대부분이었다.

그 때문에 노태 그룹의 주가는 연일 계속 하락하는 중이었다.

노태규로서는 상황을 그대로 두고 볼 수만은 없었다.

어떻게 이룩한 노태 제국인데 이대로 무너질 수는 없었다.

비록 광기에 휩싸인 노인태의 기세에 놀라 당시에는 결론을 내리지 못했지만, 지금은 아니었다.

아무리 제정신이 아니었다고는 하지만, 노태 그룹의 주인인 자신이 한낱 아들의 기세에 눌렸다는 것은 노태규에게 또 다른 분노로 다가왔다.

이 세상 그 무엇도 두렵지 않다고 생각해 온 자신이 아들의 기세를 이기지 못하고 물러났다는 것이 못내 화가 났다.

탁!

자신도 모르게 책상을 내려친 노태규는 손에서 전해지는 통증도 느끼지 못했다.

띠.

"하 전무 들어오라고 해."

노태규는 가슴속 깊은 곳에서 끓어오르는 분노를 애써 눌러 참으며 하준수 전무를 호출하였다.

잠시 시간이 흐르고, 검은색 정장을 입은 40대 후반의 사내가 들어왔다.

"회장님, 찾으셨습니까?"

허리를 굽혀 인사하는 사내의 모습은 마치 산이 움직이는 것처럼 무척이나 무게감이 느껴졌다.

2m에 육박하는 무척이나 큰 덩치의 그를 보고 있노라면 커다란 벽이 서 있는 것만 같은 느낌이 들었다.

"막내가 사고를 칠 것 같다."

노태규는 말을 돌리지 않고 바로 본론을 꺼냈다.

오늘 낮, 노인태의 태도로 보아 이대로 놔둬서는 안 되겠다는 결심을 내린 노태규였다.

그렇다면 망설일 필요가 없었다.

"아무래도 헌터 시술의 부작용이 심해진 듯하다. 광기가 해소될 때까지 그곳에서 좀 데리고 있어야 할 것 같다."

"알겠습니다. 그런데 그놈은 어떻게 하실 생각이십니까?"

하준수 전문의 질문에 노태규 회장은 잠시 말을 멈추고 창밖을 보며 고민을 하였다.

'어떻게 한다? 이대로 물러나긴 아깝고, 그렇다고 이제

와 손을 잡기에는 뭔가 모양새가 좋지 못하니…….'

미간을 찡그리며 궁리하는 노태규의 머릿속은 무척이나 복잡하게 얽혔다.

자신의 아들이 꼬아놓은 악연 때문에 황금 알을 낳는 거위에게 손을 댈 수가 없었다.

더욱이 이제는 세상에 알려져 많은 이들이 서로 견제를 하며 이익을 취하려 하고 있기까지 했다.

'이러지도 못하고 저러지도 못하고… 젠장!'

생각하면 할수록 골치만 아파왔다.

"그냥 놔둬. 지금 손대봐야 다른 사람들의 이목만 집중시킬 것이 빤하니."

아깝기는 하지만 지금은 때가 아니란 생각이었다.

자신마저 아들처럼 욕심에 눈이 멀어 실패를 거듭할 수는 없는 노릇이었다.

"알겠습니다."

대답을 마친 하준수 전무는 조용히 회장실을 빠져나갔다.

그 큰 덩치에도 불구하고 그의 움직임은 조용하면서도 신속했다.

Chapter 6
정진을 찾는 사람들

우웅! 위잉!

하얀 가운을 입은 사람들이 산업용 로봇을 움직여 한창 작업에 열중하고 있는 현장.

일단의 사람들이 복도를 걸으며 창 너머로 그 모습을 지켜보는 중이었다.

"저것이 이번에 개발 완료된 집시 레인저 MK—3인가?"

선두에서 걷던 백금발의 장년인이 묻자 뒤에서 따라오던 수행원 중 한 명이 대답했다.

"그렇습니다. 집시 레인저 MK—3는 기존 MK—2의 성능을 30% 정도 업그레이드한 것은 물론이고, 신형 파워 팩으로 인해 운용 시간이 50%나 향상되었습니다."

보고를 하는 남자는 안경을 살짝 고쳐 쓰며 자신감이 가득한 말투로 대답했다.

장년인은 만족스런 표정을 지었다.

"MK—3의 개발이 늦어져 걱정을 했는데, 다행이군. 수고했어."

신형 아머드 기어 생산 시설을 시찰하는 레기온 인더스트리의 토니 스트레인저 회장은 회사 간부들을 이끌고 다음 장소로 이동하였다.

토니 스트레인저 회장 일행이 발을 들인 곳은 지금까지의 현장과는 다르게 무척이나 조용했다.

지하 150m에 위치한 곳.

출입구도 방금 전 토니 스트레인저 회장 일행이 들어온 곳이 유일했다.

화재나 비상사태를 대비해 비상 탈출구가 따로 준비되어 있어야 하는 미국의 소방법조차 무시할 만큼 비밀스러운 구조로 설계된 이곳은 바로 레기온 인더스트리의 비밀 연구소였다.

이곳은 인가를 받은 극소수의 인물만이 출입 가능하며, 레기온 인더스트리에서도 열 명이 되지 않는 사람만이 존재를 아는 곳이었다.

"제임스, 저것의 연구는 어떻게 되고 있나?"

토니 스트레인저 회장은 창 너머로 보이는 커다란 타이탄을 가리키며 물었다.

현재 타이탄에는 특이한 모습을 한 사람들이 붙어 있었다.

거리가 있어 자세한 생김새는 알 수 없지만, 쓰고 있는 모자 밖으로 드러난 귀의 모양이 보통 사람들과는 달랐다.

마치 토끼의 귀처럼 길쭉했던 것이다.

하지만 토니 스트레인저 회장은 연구원들의 이상한 모습에는 관심이 없는 듯 그들이 달라붙어 있는 거대한 기사 형상의 타이탄에만 모든 신경이 가 있었다.

"60% 정도 진행된 상태입니다."

"60%? 온전한 타이탄이 있으면 더 빠른 진척이 있을 것이라고 하지 않았나?"

레기온 인더스트리는 명실공히 세계 최고의 아머드 기어 개발 및 생산 업체다.

한국의 노태 클랜이 타이탄을 발굴하기도 전에 이미 레기온 인더스트리는 뉴 어스의 던전에서 타이탄 일부를 발굴하기도 했다.

그랬기에 이미 오래전부터 미군의 요청으로 연구 중이던 아머드 기어에 타이탄에서 얻어낸 기술을 접목시켜 최초의 실용 아머드 기어를 완성할 수 있었다.

그런 과정을 통해 최초 아머드 기어인 집시 레인저 MK—1을 완성한 레기온 인더스트리는 단숨에 세계 최고의 군수 업체로 등극하게 되었다.

하지만 세월이 흐르며 다른 업체도 타이탄의 부속품을 발굴해 기술을 접목하여 속속 자체적인 아머드 기어를 완성시켜 선보였다.

그러다 보니 레기온 인더스트리의 명성은 차츰 후발 주자들에게 따라잡힐 수밖에 없었다.

아직까지는 선두의 자리를 넘겨주지 않고 있지만, 결코 안심할 수 있는 상황은 아니었다.

이미 독일 하인켄 사의 예거 2의 경우 부분적으로 레기온 인더스트리의 집시 레인저 MK—2를 능가하고 있었다.

이 때문에 토니 스트레인저는 집시 레인저 MK—3의 개발을 재촉했던 것이다.

다행히 얼마 전 구입한 타이탄에서 추출한 연구 성과를 도입해 부족한 파워 팩 부분을 보충함으로써 다시 한 번 경쟁자들에게서 우위를 점할 수 있게 되었다.

하지만 여전히 방심은 금물이었다.

온전한 타이탄을 자신들만 보유한 것이 아니기 때문이다.

일본의 미쓰비 중공업뿐만 아니라 중국도 한 기의 타이탄을 보유했다는 정보를 취득하였다.

그 때문에 토니 스트레인저는 집시 레인저 MK—3의 완성에 만족하지 않고 보다 확실한 우위를 점하기 위해 타이탄의 연구에 박차를 가하도록 지시를 내렸다.

하지만 아직도 연구의 진척은 더디기만 했다.

한국에서 온전한 타이탄을 구매하기 전의 연구 진척도가 48%였는데, 이제 겨우 60%에 이르러 있다는 보고에 그는 크게 실망을 하였다.

"그들도 어쩔 수 없다고 합니다. 문명이 사라질 때, 대피하기에 바빠 타이탄에 대한 자료를 많이 챙기지 못했다고 합니다. 그래서 말인데……."

레기온 인더스트리의 부사장이며 이곳 비밀 연구소 책임자인 제임스 스튜어트는 수석 연구원인 타리온 가엘프의 요청을 회장에게 전달했다.

"한국의 노태 클랜이 타이탄을 발굴하면서 많은 양의 자료를 함께 발굴했다고 합니다. 그러니 혹시 그중에 타이탄에 관한 자료가 있을지 모른다고……."

"뭐? 그게 무슨 소린가? 타이탄에 관한 자료가 있을지 모른다니? 좀 더 자세히 말해보게."

토니 스트레인저 회장은 난데없는 보고에 얼른 대답을 독촉했다.

제임스 스튜어트는 서둘러 자신이 들은 이야기를 들려주었다.

"노태 클랜 관계자에게서 들은 바로는 해당 던전에서 타이탄뿐만 아니라 아티팩트와 함께 많은 서적들을 발굴했다고 합니다. 특히 서적들의 상태가 무척이나 좋았는데, 오랜 시간이 흘렀음에도 전혀 손상이 되지 않았다고 합니다."

"그게 정말인가? 내가 듣기론 뉴 어스의 문명이 몬스터에 의해 무너진 것이 꽤나 오래되었다고 하는데, 어떻게 그럴 수 있지?"

"예. 타리온 가엘프의 말에 의하면, 일반 서적이야 몰라도 마법서나 아티팩트 제작도, 타이탄의 설계도와 같은 중요한 자료는 보존 마법을 걸어 시간이 흘러도 훼손되지 않게 보관을 한다고 합니다."

"아, 마법이 있었지. 설마 책에도 마법을 걸 생각을 하다니… 이계인들이란 참 놀랍군."

토니 스트레인저 회장은 미처 생각지 못했다는 듯 감탄사를 흘렸다.

그러고는 길게 고민하지도 않고 시원스레 고개를 끄덕였다.

"알았네. 타리온 박사의 요청이라면 노태 클랜뿐만 아니라 한국이 던전에서 찾아낸 모든 서적을 구해다 주지."

토니 스트레인저 회장은 눈을 빛내며 자신 있게 장담했다.

"그리고 한국을 좀 더 주시해 보도록. 타이탄 말고도 다른 것들도 얻을 만한 게 있을지 모르니."

토니 스트레인저 회장은 그 말을 끝으로 다시 연구실 밖으로 나갔다.

제임스 스튜어트 부사장은 눈을 번쩍였다.

사실 아직 확실한 정보가 아니라 보고를 하진 않았지만, 귀를 솔깃하게 만드는 정보가 있긴 했다.

뉴 어스에서 생환한 이가 한국에 있다는 정보였다.

그런 까닭에 개인적으로도 더 조사해 볼 생각이었는데, 회장의 지시로 인해 공식적으로 예산을 집행할 수 있게 되었다.

†   †   †

팀 아케인 멤버들은 갑작스런 정진의 방문에 깜짝 놀랐다.

재판 결과가 나올 때까지 함께 사냥을 가지 못한다고 알고 있었는데, 정진이 사무실에 방문하자 놀란 것이었다.

"어서 와라. 배웅하러 왔냐?"

김지웅이 얼른 반갑게 정진을 맞아주었다.

하지만 정진의 입에서 나온 말은 그의 예상을 깨트리는 것이었다.

"아니요, 저도 함께 가려고 왔어요."

"뭐?"

"함께 간다고? 그럼 우리야 좋지만, 재판 결과가 나오기 전까진 갈 수 없다고 하지 않았어?"

정진은 빙그레 미소를 지으며 대답을 해주었다.

"네. 그렇지 않아도 어제 담당 변호사에게 통보를 받았어요. 무혐의로 무죄 판결이 나왔고, 이제 무고 혐의로 노태 클랜을 고소할 수 있다고 하네요."

"와, 잘됐네. 그놈들은 이번 기회에 벌을 받아야 돼."

"맞아, 이번 기회에 보상을 받을 수 있는 최대한 받아내야 해."

"안 그래도 변호사가 재판이 열리는 기간 동안 사냥을 가지 못했으니 그 기간만큼 산정해서 보상을 받을 수 있을 거라고 하더라고요. 또 형님들 또한 같은 이유로 사냥을 가지 못했으니 나름대로 피해 보상을 받을 수 있다고 했어요."

정진은 이번 재판에서 승소함으로써 노태 클랜에 손해배상을 청구할 수 있게 되었다.

사냥을 하지 못해 발생한 손해와 재판에 들어간 비용, 그리고 정신적 피해 보상까지 합쳐 상당한 배상금을 받을 수 있을 것이라고 했다.

거기에 팀 아케인 멤버들에 대한 보상금까지 더해지면 아무리 노태 클랜이라 해도 적은 금액은 아닐 것이었다.

예상치 못한 정진의 말에 김지웅은 물론이고 다른 멤버들도 다들 기쁜 표정이 되었다.

"어? 정진이, 네가 어쩐 일이냐?"

막 사무실로 들어오던 이정진은 정진이 보이자 물었다.

"형님, 정진이 재판 결과 나왔다고 하네요."

정진이 뭐라 대답을 하기도 전에 김지웅이 나서서 이정진에게 설명을 하였다.

"그래? 어떻게 됐는데?"

"당연히 승소를 했죠. 무고 아닙니까, 무고!"

김지웅은 당연하다는 듯 소리쳤다.

"그래? 잘됐네. 그럼…….."

이정진은 혹시나 정진도 함께 사냥을 갈 수 있는 것인지 묻다가 뒷말을 흐렸다.

생각해 보니 재판 결과가 나왔다고 바로 사냥을 갈 수 있을지 어떤지는 알 수 없는 일이기 때문이었다.

재판 기간 동안 걱정했을 가족들을 비롯해 챙겨야 할 일이 어디 한두 가지이겠는가.

하지만 이정진의 생각이 무색하도록 정진은 밝은 표정으로 대답을 하였다.

"물론 함께 가려고 나왔죠."

"그렇지. 형님은 당연한 것을 묻고 그러십니까. 정진이가 아무 일도 없는데 그냥 왔겠어요. 갈 만하니 나왔겠죠."

"정말 괜찮겠냐? 가족들이 걱정하지 않겠어?"

김지웅이 나서서 대답하기는 했지만 이정진은 차분한 표정으로 다시 한 번 물었다.

"하하, 괜찮습니다. 제 동생은 너무 오래 사냥을 못 간 것 때문에 혹시 팀에서 제가 잘릴지 모른다고 얼른 가라고 하던데요."

괜히 자신 때문에 분위기 죽는 것 같아 정진은 농담 반

진담 반 섞어서 정은이 했던 말을 들려주었다.

"하하하!"

그런 정진의 대답에 김지웅은 물론이고, 사무실에 있던 다른 멤버들도 다 같이 한바탕 웃었다.

"그래. 그럼 너도 어서 준비해라. 그런데 네가 참여하게 되면 계획을 다시 세워야겠구나."

이정진은 팀 내 최고 대미지 딜러인 정진이 빠졌을 때를 상정해 사냥 계획을 세웠다.

그런데 정진이 다시 합류를 하게 되었으니 계획을 수정해야 할 것 같았다.

"그야 당연한 일이지요."

김지웅은 활기찬 목소리로 말했다.

"일단 짐을 챙기고 게이트로 이동하죠. 사냥 계획은 쉘터로 가서 다시 세우기로 하구요."

정진은 느긋하게 돌아다니며 멤버들에게 사냥 준비를 독촉했다.

정진에게 필요한 물품은 걸치고 있는 로브에 새겨진 아공간 속에 모두 갖춰져 있었다.

하지만 다른 멤버들은 그런 것이 없기에 각자 자신이 쓸 물건과 팀이 공동으로 쓸 물건들을 나눠 배낭에 챙겼다.

팀 아케인의 사무실 내부는 금세 다시 분주해졌다.

"그럼 출발한다."

"네, 출발."

이정진의 출발 신호가 떨어지고, 뒤이은 김지웅의 복창과 함께 팀 아케인의 두 번째 몬스터 사냥이 시작되었다.

팀 아케인이 떠난 사무실은 금방 정적에 휩싸였다.

†　　　†　　　†

똑똑.

"들어와."

노태규 회장은 노크 소리에 하던 일을 멈추고 들어오는 이를 기다렸다.

잠시 후, 그룹 업무 지원부 책임자인 하준수 전무가 문을 열고 회장실 안으로 들어왔다.

"어떻게 됐어?"

앞뒤 말을 모두 자른 질문이지만, 하준수 전무는 망설임 없이 얼른 대답했다.

"패소했습니다."

"……."

노태규 회장은 아무런 말을 하지 않았다.

그러길 얼마나 지났을까, 노태규 회장이 다시 질문을 던졌다.

"얼마나 나올 것 같나?"

이미 이런 일엔 도가 튼 노태규 회장이기에 당연히 상대 측에서 손해배상 청구를 할 거라 예상했다.

"분위기가 좋지 않습니다."

하지만 하준수 전무의 입에서 나온 것은 노태규 회장의 예상과는 다른 것이었다.

"그러니까 얼마를 물어줘야 한다는 말이냐고."

"200억 정도 나올 것 같다고 합니다."

"뭐?"

노태규 회장은 순간 자신의 귀를 의심했다.

아무리 헌터란 직업이 고수익 직종이기는 하지만, 재판 한 번의 결과로 200억 원을 배상해야 한다는 말에 기가 막혔다.

"그게, 상대가 좋지 못했습니다."

"좋지 못하다니? 그건 또 무슨 소리야?"

노태규 회장은 지금 자신이 무슨 말을 듣고 있는 건지 도무지 이해가 가지 않았다.

단순 절도 혐의로 재판을 한 것뿐인데 무려 200억 원이나 배상금을 물어야 한다니, 누가 그 말을 납득하겠는가.

처음 그 소식을 들었을 때 하준수 역시 같은 마음이었다.

그랬기에 노태규 회장의 심정을 이해한 하준수 전무는 자신이 알아낸 바를 이어서 설명했다.

"고소를 당한 그자의 헌팅 팀이 저희가 생각한 것보다도 훨씬 대단한 능력을 가지고 있었습니다."

하준수 전무는 이세진 변호사가 배상금으로 책정한 금액에 대한 근거를 노태규 회장에게 하나하나 들려주었다.

"젠장, 하필……."

이야기를 모두 들은 노태규 회장은 어처구니가 없어 저도 모르게 욕설을 내뱉었다.

단 한 번의 사냥으로 20억 원에 가까운 소득을 올렸다는 말에 기가 막힌 것이다.

그런 헌팅 팀이 두 달이 넘도록 재판 때문에 사냥을 가지 못했다.

이세진이 핵심 전력인 정진이 빠짐으로써 팀 아케인의 모든 멤버가 몬스터 사냥을 가지 못했다는 주장을 법원 측에 전달했고, 법원도 이미 정진의 능력을 확인한 처지라 무시할 수가 없었다.

더군다나 정진이 법정에서 마법이란 기상천외한 능력을 공개하면서 전국적으로 관심이 집중되어 있는 상황.

그런 상황에서 또다시 노태 클랜의 편을 드는 판결을 내렸다가는 당장에 노태 그룹 간의 은밀한 관계가 의심받게 될 테니 재판부도 그냥 덮고 넘어갈 수가 없었다.

더욱이 대한민국 통수권자인 대통령까지 정진의 재판에 대한 이야기를 들었는지 직접 전화를 해왔다.

그런 이유로 재판부도 엄정하게 판결을 내렸고, 그 결과가 200억이라는 배상금이었다.

사실 노태 클랜이 대기업 노태 그룹의 산하에 있다고는 하지만, 대한민국에 노태 그룹만큼 영향력을 행사하는 대기업은 몇 개나 더 있었다.

하지만 전 세계에서 아티팩트를 만들 수 있는 사람은 공식적으로 정진이 유일했다.

그동안 던전에서만 발견되던 아티팩트를 자체적으로 생산할 수 있게 되었다는 소리다.

지금도 권력자들 사이에선 아티팩트가 최고의 화두였다.

개인의 안위를 지키기 위해 아티팩트는 많으면 많을수록 좋았다.

이는 대통령이나 대법원의 판사도 예외는 아니었다.

권력을 가진 이라면 누구나 자신의 안위를 위해 많은 아티팩트를 소유기를 원하지만, 던전에서 출토되는 아티팩트의 숫자에는 한계가 있었다.

더욱이 신변을 보호할 수 있는 기능을 가진 것은 발굴된 아티팩트 중에서도 소수에 불과했다.

그 때문에 아티팩트의 가격은 어마어마하게 비쌀 수밖에 없었다.

게다가 아티팩트는 소모품.

아티팩트에 담긴 마력이 떨어지면 아무짝에도 쓸모없는 물건이 되어버린다.

그렇기 때문에 권력자들은 최대한 많은 아티팩트를 소지하려고 혈안이 되어 있었다.

그러던 차에 아티팩트를 만들 수 있는 존재가 대한민국에 나타났으니 어찌 관심을 가지지 않을 수 있겠는가.

대통령부터 시작해 권력자들이 줄줄이 정진에게 관심을 보이는 것은 당연했다.

그래서 정진에게 호의를 베풀어 두려는 그들의 입김이 들어간 덕분에 재판 결과도 바로 나올 수 있었으며, 배상금의 금액도 정진 개인뿐만 아니라 정진이 속한 팀 아케인 멤버들 것까지 책정된 것이었다.

즉, 이는 모두 권력자들이 정진에게 잘 보이기 위해 벌인 일이라 할 수 있었다.

✝   ✝   ✝

독일 슈투트가르트.

독일에서 여섯 번째로 큰 도시이자 가장 유명한 공업 도시.

하지만 사람들이 슈투트가르트하면 가장 먼저 떠올리는 것은 바로 유럽 최고의 군수 업체이자 대몬스터 병기 아머드 기어를 생산하는 하인켈 사였다.

대한민국에서 울산하면 떠올리는 것이 미래중공업이고, 수원하면 떠올리는 기업이 일성전자이듯 유럽인들에게 독일 슈투트가르트는 하인켈 사로 대표되었다.

농담 섞인 말로 슈투트가르트 시민 100명 중 절반인 50명이 하인켈 사에서 일을 하고, 30명이 하인켈 사와 연관이 있는 기업에 종사하며, 15명이 하인켈 사에 다니는 직장인을 상대로 영업을 하고, 남은 다섯 명은 하인켈 사에 다니는 직장인의 가족이라고 할 정도로 슈투트가르트 시민들의 삶은 하인켈 사와 결코 떨어질 수 없을 만큼 깊게 관계되어 있었다.

사실 원래부터 하인켈 사가 이렇게 슈투트가르트를 대표하는 기업은 아니었다.

슈투트가르트에는 독일의 많은 대표 기업들이 있었다.

하지만 차원을 연결하는 게이트가 나타나고, 그 안에서 인류를 위협하는 몬스터가 출현하게 되면서 상황이 바뀌었다.

사람들은 생존을 위해 몬스터와 싸워야 했고, 천신만고 끝에 물리칠 수 있었다.

물론 힘에 밀려 몬스터에게 삶의 터를 빼앗긴 지역도 있다.

유럽 또한 게이트가 발생하였고, 다른 대륙보다 인구밀도가 높은 탓에 심각한 피해를 입었다.

도심 한복판에 발생한 게이트.

그리고 그 안에서 쏟아져 나온 몬스터로 인해 많은 사람들이 목숨을 잃었다.

총기 규제가 강력하고, 또 평소 치안이 안정되어 경찰 병력의 무장이 강력하지 않다 보니 게이트 사태에 대한 초등 대처가 부족했다.

미국에서 발생한 최초의 게이트 사태를 보고도 너무 안일하게 생각한 유럽인들은 너무도 큰 대가를 치른 후에야 자만심을 버리고 게이트 문제를 심각하게 받아들였다.

이후 유럽은 정신을 차리고 게이트와 몬스터를 차분히 분석하고, 또 군사작전을 철저히 수립해 나가며 제대로 된 대응을 하자 금방 안정을 찾게 되었다.

그때, 유럽에서도 몬스터가 자원이 된다는 것을 알게 됨과 동시에 발 빠르게 움직인 이들이 있었다.

미국이나 아시아 국가와 다르게 유럽에선 국가보다 기업인들이 먼저 그런 사실을 눈치채고 사업화했다.

더욱이 유럽에서는 중세 시대에 쓰였던 검이나 활 등 냉병기 제작을 하는 이들이 명맥을 유지하며 제작법을 유지해 왔다.

비록 시대가 바뀌어 주류는 아니지만, 무기 장인과 갑옷 장인들이 명맥을 이어가며 대장간을 운영하고 있었는데, 게이트 사태 이후 이들의 가치가 재조명되었다.

그런데 우연하게도 이런 장인들이 가장 많이 모여 살고 있는 곳이 바로 슈투트가르트였던 것이다.

유럽의 기업인들은 그런 장인들과 손을 잡고 대장간의 크기를 키워 나갔다.

몬스터를 상대하는 데 냉병기가 더 효과적이란 사실을 어느 누구보다 빠르게 알아챘기에 일찍부터 해당 산업을 키운 것이다.

덕분에 뉴 어스 진출 초창기에는 독일을 포함한 유럽 각국이 전 세계에 있는 몬스터 헌터들을 상대로 엄청난 이득을 보았다.

미리 앞날을 내다본 유럽인들의 선견지명으로 대몬스터 무기 산업의 주도권을 유럽의 기업과 공방들이 차지하게 된 것이다.

물론 최첨단 무기로 몬스터 산업을 선도하는 것은 미국이지만, 유럽 또한 장인들을 필두로 한 공방들의 성장으로 많은 이득을 보았다.

하지만 그것도 잠시. 미국에서 대몬스터 병기인 아머드 기어가 개발되면서 확고부동하던 유럽 공방들의 지위가 위태로워졌다.

그러던 찰나, 유럽에서도 미국에 이어 아머드 기어가 개발되었다.

그때, 유럽 최초로 아머드 기어를 개발한 곳이 바로 독일 슈투트가르트에 위치한 하인켈 사였다.

하인켈 사는 슈투트가르트에 산재해 있던 여러 무기 공방들이 공동으로 출자하여 만든 기업이다.

미국뿐만 아니라 유럽에서도 게이트를 통해 뉴 어스를 탐사하고 많은 던전을 발굴했다.

유럽의 제국(諸國)들은 이렇게 뉴 어스에서 발굴한 유물들의 정보를 공유하였고, 그 정보들은 하인켈 사에서 집결되어 세계에서 두 번째로 실용 아머드 기어인 예거—1을 개발해 내기에 이르렀다.

독일어로 사냥꾼을 뜻하는 '예거'는 그 이름처럼 몬스터를 하나 남김없이 잡으라는 의미가 담겨 있었다.

결과적으로 독일의 공업 기술이 집대성된 예거—1은 세계 최초의 아머드 기어 집시 레인저 MK—1을 능가하는 성능을 발휘하였다.

물론 그 차이가 크지는 않지만, 어찌 되었든 최고라는 명예를 획득했다.

집시 레인저 MK—1을 개발한 레기온 인더스트리는 각고의 노력으로 다시 정상에 오를 수 있었지만, MK—2를 개발해 그 지위를 되찾기까지는 오랜 시간이 걸렸다.

하지만 그것 역시 잠깐의 영광에 불과했다.

겨우 최고 자리를 되찾은 것이 무색할 만큼 예거—2가 세상에 선보이면서 그 자리를 다시 빼앗긴 것이다.

그 뒤로도 유럽과 미국은 새로운 아머드 기어를 개발하기 위해 각고의 노력을 하며 상대를 뛰어넘으려 총력을 기울였다.

물론 아머드 기어를 개발한 곳은 유럽과 미국만이 전부는 아니었다.

세계에서 세 번째로 중국이 아머드 기어를 개발하였고, 일본이 네 번째로 아머드 기어를 개발하였다.

다만, 중국의 경우 미국이 개발한 집시 레인저 MK—1을 데드 카피하여 외형을 살짝 바꾼 뒤에 선보인 것이라 제대로 평가를 받지는 못했다.

그 때문에 한때 중국과 미국은 심각한 마찰을 겪기도 하였다.

이미 오래전부터 중국은 다른 나라의 핵심 기술을 불법으로 복제하여 생산하는 것이 일상과도 같았다.

오히려 정당한 특허를 가진 기업이 중국 내에서는 무단 도용을 했다는 누명을 덮어쓰기 일쑤였다.

어쨌든 미국이 유럽과의 경쟁으로 잠시 방심한 틈을 타 아머드 기어 기술을 빼낸 중국은 자신들의 성과인 양 자랑을 해 댔지만, 세계의 시선은 싸늘하기만 할 뿐이었다.

일본 또한 아머드 기어의 기본 구성은 미국의 집시 레인저였다.

하지만 일본은 불법적인 기술 복제가 아닌, 자신들이 자체적으로 개발한 아머드 기어의 자세 제어 기술을 넘기는 조건으로 레기온 인더스트리가 보유한 기술과 교환하여 무사시를 개발한 것이었다.

이렇듯 미국을 필두로 유럽과 중국, 일본이 차례로 아머드 기어를 개발하면서 지구의 뉴 어스 개발과 몬스터 산업은 더욱 활발해지기 시작했다.

그러는 동안 유럽은 하인켈 사에 집중시켰던 기술을 유럽 각국에 전수시켰다.

이미 오래전부터 하나의 유럽을 부르짖으며 뭉친 유럽이기에 원활하게 기술이전을 하여 경쟁 구도를 형성한 것이다.

그 결과로 기술이 발전하면 다시 그것을 하인켈 사에 보냈다.

어차피 하인켈 사는 유럽연합이 공동으로 설립한 기업이니 그런 과정에 있어서 아무런 제약도 없었다.

그리고 외부에는 알려진 사실은 아니지만, 하인켈 사에는 특별한 이들이 존재하고 있었다.

미국의 레기온 인더스트리에 인간과 조금 다른 생김새를 가진 연구원들이 존재하듯, 하인켈 사에도 그런 연구원들이 있었다.

150cm밖에 안 되는 단신에 잘 발달된 근육을 가지고 있는 이들.

어찌 보면 연구원이라기보다는 근육질의 작업자처럼 보이는 이들이었다.

더욱이 그들은 짧고 두툼해 뭔가를 만드는 것이 불가능해 보이는 뭉툭한 손을 가지고 있으면서도 무척이나 섬세한 작업을 해내는 특징이 있었다.

마치 소설 속에 나오는 대장장이 종족인 드워프를 연상시키는 그들은 하인켈 사의 공방에서 많은 연구원과 엔지니어들을 호령하며 아머드 기어를 만드는 과정을 진두지휘하고 있었다.

이들은 레기온 인더스트리의 유사 인종이 철저히 통제를 받으며 아머드 기어를 연구하는 것과 다르게 오히려 다른 이들을 지휘하며 남다른 대접을 받고 있었다.

쾅!

갑자기 큰 소리가 나며 하인켈 사 회장실의 사무실 문이 벌컥 열렸다.

하인켈 사의 사장인 하인리히 칼 토마는 갑작스런 사태에 고개를 들어 문 쪽을 돌아보았다.

그런 그의 눈에 땅딸막한 사내가 들어왔다.

그는 바로 하인켈의 수석 연구원인 안티 드라켄 노커였
다.

한창 신형 아머드 기어를 연구하고 있어야 할 사람이 마
치 성난 들소처럼 자신의 사무실에 들어오자 칼 토마는 고
개를 갸웃했다.

"아니, 무슨 일입니까, 노커?"

노커란 단어는 눈앞에 있는 난쟁이의 이름이나 성이 아니
었다.

그가 속한 집단에서 갖고 있는 직책을 일컫는 말이었다.

'두드리는 자'라는 이름에서도 알 수 있듯 그는 전설에
나오는 드워프였으며, 정확히는 게이트 너머 뉴 어스에 살
던 유사 인류 중 한 종족이다.

사실 게이트가 처음 발생했을 당시, 몬스터만이 넘어온
것은 아니었다.

몇몇 게이트에선 이계의 인류가 몬스터들에게 쫓겨 넘어
오기도 한 것이다.

가장 먼저 그 사실을 알아차린 미국은 자국 내의 게이트
는 물론이고, 미국의 영향력 아래에 있는 모든 나라의 게이

트에서 넘어온 유사 인류를 극비리에 미국 본토로 데려갔다.

이계 생명체에 대한 연구를 한다는 명목으로 적당한 대가를 해당 국가에 주고 뉴 어스의 인류들을 수거해 간 것이다.

그러고는 미국에 도움이 될 만한 것들은 수단과 방법을 가리지 않고 빼냈다.

감언이설과 협박에 넘어가지 않는 이들은 쥐도 새도 모르게 처리되었다.

유럽연합도 초기에는 미국과 비슷한 방침을 취하였지만, 곧 자신들의 방법이 잘못되었다는 것을 깨닫고 방법을 달리했다.

미국에 비해 후발 주자인 그들로선 수중에 들어온 이계인들의 적극적인 협조를 얻어내기 위해 다른 방안을 모색할 필요가 있었다.

예전부터 유럽인들은 고유 기술을 가진 장인들에 대한 대우가 다른 나라들에 비해 상당히 뛰어났다.

그런 제도에 맞게 이계인들에게도 장인으로서의 대우를 해주어 그들이 가진 기술을 존중하고, 협조를 강제하지 않겠다는 협정을 맺었다.

그때부터 유럽에 자리를 잡은 뉴 어스인들은 하나둘 자신들의 기술을 풀어냈다.

그리고 시간이 흘러 이윽고 기계가 따라가지 못할 정교한 수작업으로 유럽 최초의 아머드 기어 예거—1을 완성하는 데 큰 도움을 주었다.

뿐만 아니라 예거—1을 능가하는 아머드 기어가 미국에서 만들어졌다는 소식이 들리자 다시 연구를 통해 그것을 능가하는 예거—2를 만들어내기도 했다.

하지만 그럴수록 유럽연합의 수장들은 이들의 존재를 더욱 비밀로 할 수밖에 없었다.

자칫 이들의 존재가 외부에 알려지게 된다면 어떤 사태가 벌어질지 빤했기 때문이다.

"이봐, 토마! 저들이 완전한 타이탄을 수중에 넣었다는 말이 사실인가?"

어디서 듣고 왔는지 노커는 얼굴이 붉게 달아올라 소리치듯 말했다.

잔뜩 흥분한 그와 달리 칼 토마는 담담한 표정으로 대답했다.

"예. 아시아의 한국이란 나라에서 온전한 형태의 타이탄이 발굴되었다고 합니다."

"그럼 그것을 가져다줘. 온전한 타이탄이 있어야 그동안 연구했던 아머드 기어가 완성될 수 있다."

하인켈 사에서도 레기온 인더스트리처럼 오래전부터 타이탄에 대한 연구를 해왔다.

오래전 뉴 어스의 던전에서 타이탄의 잔해가 발견되고 타이탄의 존재를 알게 되면서 그 엄청난 위용에 감탄한 유럽 연합의 수장들은 그에 대한 지원을 아끼지 않았다.

발굴되는 문헌을 해독하면서 타이탄이 어떠한 위력을 가지고 있으며, 또 어떤 활약을 하였는지 알게 되었고, 안티 드라켄 노커와 같은 드워프 종족들의 증언을 통해 타이탄이 몬스터를 상대하는 최고의 병기란 것을 알게 되면서 더욱 예산을 늘려 타이탄 연구에 매진하였다.

하지만 아무리 드워프의 도움을 받아 연구를 계속해도 어느 순간 보이지 않는 벽에 가로막혀 버렸다.

뉴 어스가 멸망하면서 드워프에게 전승되던 많은 유산들이 유실된 탓이었다.

인간처럼 따로 기록을 하는 것이 아니라 아버지로부터 아들에게로, 스승으로부터 제자에게로 구전을 통해 도제식 전승이 되다 보니 많은 지식이 소실된 것이다.

그중에는 드워프 종족들이 가지고 있던 타이탄 제조 기술도 포함이 되었다.

아무리 드워프가 장인 종족이라 하지만 타이탄은 칼이나 갑옷처럼 망치와 모루만 가지고 생산할 수 있는 물건이 아니었다.

타이탄은 뉴 어스의 인류가 몬스터를 상대하는 최고의 병기로서 수많은 마법과 자원, 그리고 최고의 대장 기술을 집대성한 걸작이라 할 수 있었다.

그렇기에 타이탄을 제작하는 데는 대규모 시설이 필요했다.

하지만 몬스터의 위협에서 몸을 피하기에 급급한 이들에게 그런 시설을 갖춘다는 것은 무리였다.

더욱이 드워프는 타이탄을 만들 줄은 알아도 그것을 이용해 몬스터를 상대할 수는 없었다.

아니, 엄밀히 따지면 드워프 혼자의 힘으로는 타이탄을 만들 수도 없었다.

선천적으로 마법과는 거리가 먼 드워프 종족의 특성 때문에 다른 종족 마법사의 도움이 있어야만 타이탄을 제작할 수 있었다.

그러니 도피 생활이 길어지면서 점차 타이탄 제작 기술은 잊혀져 갈 수밖에 없었다.

그러던 중 게이트를 통해 지구로 오게 되어 인간들을 마주했다.

뉴 어스의 인류나 지구의 인류나 드워프에게는 비슷한 존재로 느껴졌다.

언제나 자신들을 이용하려 드는 인간을 경계하라는 선배 노커들의 경고는 안티 드라켄은 물론이고, 드워프 종족 전체에 걸쳐 머릿속에 자리 잡고 있었다.

그렇기에 겉으로는 협조적으로 대하면서도 절대로 자신들의 모든 것을 드러내지는 않았다.

인간들이 요구하는 정도의 기술만을 적당히 제공하면서 자신들의 안전을 도모했다.

그런데 이제 상황이 바뀌었다. 망가진 잔해가 아닌 온전한 타이탄이 발견된 것이다.

그걸 연구할 수만 있다면 소실되었던 선조들의 지식을 다시 복구할 기회가 생길 것이다.

그렇기에 안티 드라켄은 칼 토마에게 강력하게 요구하는 것이었다.

"그럼 어서 우리도 그것을 구해다 줘!"

마치 마트에서 장난감을 사 달라고 조르는 아이처럼 안티 드라켄 노커는 막무가내였다.

헌터 포털리어

당연히 칼 토마로서는 그저 황당할 따름이었다.

"노커, 그것은 이미 미국에 팔렸습니다. 더 이상 온전한 타이탄은 없습니다."

사실 칼 토마도 타이탄의 완전체를 구입하지 못한 것이 못내 안타까웠다.

하지만 어쩔 수 없는 일이었다.

한국이란 나라는 오래전부터 그랬다.

모든 것에 있어서 미국이 우선이었다.

게이트가 나타나기 전, 한국의 주적은 같은 동포인 북한이었다.

이념으로 갈린 두 나라는 동포끼리 총구를 맞대고 전쟁을 치렀다.

한때 독일도 동서로 분단되어 있었지만, 서로 적대한 것은 아니었다.

하지만 한국과 북한은 달랐다. 서로를 비방하며 꺼꾸러뜨려야 하는 적으로 간주하며 무한 경쟁을 벌여 나갔다.

한국은 군사력 증강을 위해 각종 방위 사업을 추진하였는데, 모든 사업에서 일방적으로 미국의 손을 들어주었다.

마치 미국만이 지구상에서 유일하게 군수물자를 생산하는 것처럼 생각을 했는지, 아니면 미국의 것이 최고로 우수

한 제품이라 생각했는지 모르겠지만, 일방적으로 미국산 제품만을 채택했다.

그리고 그 결과, 한국은 엄청난 대가를 미국에 치러야 했다.

훨씬 싼 가격에 비슷한 성능을 내는 다른 국가의 제품들이 있지만, 한국은 그런 것들은 전혀 고려하지 않았다.

오로지 미국산을 선택함으로써 쓰지 않아도 될 비용을 지불하였다.

그것은 마치 미국에 종속되어 있는 듯한 모습이었다.

그리고 그런 관계는 지금도 현재 진행형이었다.

한국이 발굴된 타이탄을 미국에 넘기면서 그들이 필요로 하는 신형 군사 무기를 많이 받았다고는 하지만, 칼 토마가 보기엔 미국이 일방적으로 이득을 취한 거래였다.

물론 한국이 타이탄의 가치를 제대로 알지 못해 벌어진 일은 아닐 것이다.

그동안의 일방적인 관계나 친미 성향의 상류층이 개인의 이익을 위해 일이 이루어졌을 것이다.

칼 토마가 보기에 만약 대한민국 정부가 자신들에게도 연락을 했더라면 서로에게 더 많은 이득이 되었을 것이라 생각했고, 실제로도 그렇게 흘러갔을 것이다.

거래란 원래 그런 것이다.

구매하려는 자들의 경쟁이 심해질수록 물건을 가진 주인은 더 많은 이득을 보는 것이 당연한 일이었다.

하지만 한국은 전통의 우방 관계를 내세우며 미국이 던져주는 작은 먹이에 감지덕지하며 보물을 넘겼다.

그때의 생각을 떠올리자 칼 토마는 가슴속 깊은 곳에서 새삼 열불이 터졌다.

"그건 내 알 바 아니고, 어떻게든 타이탄을 구해다 줘. 그것이 아니라면 한국에 있는 마법사라도 데려오든가."

"마법사요? 아니, 세상에 마법사가 어디 있다는 말입니까?"

칼 토마는 얼토당토않은 소리를 들었다는 듯이 안티 드라켄의 말에 웃어넘겼다.

그에 안티 드라켄이 한심하다는 듯이 혀를 차며 말을 해주었다.

"쯧쯧, 회사를 운영한다는 네가 나보다 정보가 어두워서 어떻게 할 것인가. 넌 TV도 안 보고 사냐?"

안티 드라켄 노커는 우연히 뉴 어스에서 이계인을 만나 마법을 배웠다는 정진에 대한 뉴스를 볼 수 있었다.

그래서 타이탄을 구할 수 없다면 대신 정진이라도 데려올 것을 주문한 것이다.

그런데 명색이 회사 사장이란 작자가 자신도 알고 있는 사실을 모르고 있다는 것이 무척이나 답답했다.

"조금 전에 말했던 한국이란 나라에서 그 타이탄을 발굴한 헌터 클랜과 한 헌터 간에 소송이 벌어졌는데, 재판 과정에서 헌터가 마법사란 사실이 밝혀졌다."

안티 드라켄 노커는 잠시 숨을 고르고는 다시 말을 이어 갔다.

"몇 서클 마법사인지는 모르겠지만, 법정에서 마법을 사용해 스스로 아티팩트를 제작했다고 하더군."

"네, 뭐라고요? 그게 사실입니까?"

흥미롭게 이야기를 듣고 있던 칼 토마는 아티팩트를 제작하는 자가 있다는 말에 눈을 크게 뜨며 되물었다.

"나도 뉴스로 보았으니 사실이겠지. 그러니 타이탄을 구하지 못하겠으면 얼른 그 마법사라도 데려와. 그래야 연구를 더 진행할 수 있으니."

안티 드라켄 노커는 자신의 할 말은 다 끝났다는 듯 몸을 돌려 사무실을 빠져나갔다.

칼 토마는 한동안 말도 없이 멍하니 그가 나간 문만을 쳐다보았다.

Chapter 7
또 다른 준비

크아앙!

조용한 숲속에 지축을 흔드는 커다란 괴성이 울려 퍼졌다.

분노 가득한 포효 소리는 생명을 가진 존재라면 모두 두려움에 떨게 만드는 힘이 있었다.

크와… 앙…….

하지만 천지를 떨어 울리던 포효 소리는 시간이 갈수록 그 힘을 잃어갔다.

뿐만 아니라 위압감 또한 점차 약해져 갔다.

얼마의 시간이 흘렀을까.

몬스터의 울음소리가 잦아들더니 섬뜩할 만큼 주위가 조용해졌다.

"대장, 아직 혹시 모르니 너무 가까이 접근하지 말아요."

새롭게 팀 아케인에 합류한 류재욱은 전방에 쓰러진 몬스터에 접근하는 이정진에게 경고를 전했다.

몬스터에 접근하던 이정진의 걸음이 한층 신중해졌다.

쓰러진 몬스터는 중형(重形)에 속하는 몬스터인 오우거였다.

다 자란 성체는 그 키가 무려 5m에 이를 만큼 거대하고 위압적인 놈이다.

그렇기 때문에 오우거를 잡기 위해선 대몬스터 병기인 아머드 기어가 꼭 필요했다.

하지만 팀 아케인은 그런 상식을 깨고 아머드 기어도 없이 오우거를 사냥하는 중이었다.

만약 다른 헌팅 팀이나 헌터 클랜이 그런 사실을 알게 된다면 이들을 스카우트하기 위해 너도나도 달려들 테지만, 아쉽게도 이들이 아머드 기어 없이 오우거를 사냥하고 있다는 사실을 알고 있는 사람은 아무도 없었다.

사실 이들도 처음부터 오우거를 잡기 위해 나선 것은 아니었다.

이미 한차례 경험하여 익숙한 트롤을 잡을 계획이었다.

하지만 사냥이라는 것이 언제나 계획대로 진행되지는 않는 법.

팀 아케인 멤버들이 트롤을 잡고 있을 때, 하필 그 소리를 들은 오우거가 난입한 것이다.

처음 팀 아케인 멤버들은 난데없는 오우거의 등장에 무척이나 당황했다.

이런 경우는 한 번도 경험해 보지 못했기 때문이다.

언제나 경호원처럼 타라칸이 주변을 경계했기에 다른 몬스터가 근처에 접근할 땐 미리 경고를 보내주곤 했다.

하지만 도둑을 맞으려면 개도 짖지 않는다고, 하필 타라칸이 사냥감을 몰이하러 자리를 비운 사이 오우거가 나타난 것이다.

만약 타라칸이 있었다면 오우거는 오히려 꽁무니를 빼고 달아나기 바빴을 것이다.

어쨌든 타라칸을 믿고 안심한 채 트롤을 사냥하고 있는 상태에서 보다 상위 몬스터인 오우거가 갑자기 난입하자 팀 아케인 멤버들의 손발이 어수선해졌다.

하지만 다른 사람들과 다르게 냉정하게 주변 상황을 주시하던 이가 있었으니, 바로 정진이었다.

다른 멤버들은 오우거에 대한 두려움 때문에 잠시 공황 상태에 빠졌지만, 정진은 마법을 익히면서 길러진 냉철한 판단력을 바탕으로 빠르게 상황을 파악하고 지시를 내렸다.

비록 나이로 따져서는 막내에 해당하는 정진이지만, 팀장인 이정진을 비롯해 지웅이나 강진성, 현성 형제는 정진을 실질적인 정신적 지주로 생각하고 있었다.

나이는 어리지만 그 능력은 이 자리에 있는 어느 누구보다 뛰어남을 알기에 인정하는 것이었다.

공식적으로는 이정진이 팀 아케인의 팀장을 맡고 있지만, 그건 외부적으로 업무를 처리할 때 이정진이 나서는 것이 편리할 때가 많아 그렇게 정한 것일 뿐이었다.

그렇기에 팀원들은 정진의 갑작스런 지시에도 즉각적으로 반응했다.

정진의 지시대로 움직이자 혼란은 금방 수습되었고, 원래 사냥하던 트롤은 물론 변수로 작용했던 오우거까지 손쉽게 잡을 수 있었다.

"합!"

쓰러진 오우거의 뒤로 돌아 다가간 이정진은 그레이트 소드를 높이 들어 오우거의 목을 내려쳤다.

서걱!

중병기에 속하는 그레이트 소드는 별다른 저항 없이 오우거의 목을 너무도 쉽게 자르고 들어갔다.

확실하게 마무리를 끝낸 이정진은 한숨을 쉬며 자리에 주저앉았다.

"휴……."

"형님, 수고하셨습니다."

"잠시 쉬자. 어휴, 힘들다."

아직 체력은 남아 있지만 예상치 못했던 오우거의 난입으로 인해 정신적으로 너무도 피곤해져 도저히 그냥 서 있을 수가 없었다.

평소라면 사냥한 트롤을 도축하여 마정석 추출은 물론이고, 가죽과 뼈, 그리고 피 등 돈이 되는 부산물들을 바로 분리하여 챙겼을 테지만, 오우거의 난입을 무사히 넘겼다는 생각에 맥이 풀려 그럴 정신이 없었다.

한편, 류재욱은 도저히 눈앞의 사실이 믿어지지 않았다.

아머드 기어도 없이 중형 몬스터인 오우거를 잡았다는 것을 누가 믿겠는가.

사실 이 자리에 있는 그 누구보다 오우거의 무서움을 잘 알고 있는 사람이 바로 류재욱이었다.

이전 헌터 클랜에 있을 때 그의 직책은 아머드 기어 드라이버.

그 말인즉, 그의 주 사냥 대상이 바로 오우거라는 소리였다.

대몬스터 병기인 아머드 기어가 등장하면서 인류는 중형(重形) 몬스터 이상의 몬스터도 사냥을 할 수 있게 되었다.

하지만 중형 이상의 몬스터는 그 이하 등급과는 엄청난 차이가 있었다.

그중에는 크기가 10미터가 넘어가고, 몸무게 또한 10톤이 넘어가는 놈들마저 있었다.

아무리 아머드 기어가 대몬스터 병기라고 하더라도 상대할 수 있는 몬스터에는 한계가 있었다.

그렇기에 모든 아머드 기어 드라이버들의 주 사냥 타깃은 오우거였다.

크기나 체중이 아머드 기어와 비슷하기 때문에 그나마 베테랑 드라이버의 경우 일대일로 상대하기에 알맞은 탓이었다.

헌터 클랜에서도 아머드 기어 드라이버를 양성할 때 오우거의 습성이나 위험성 등을 중점적으로 교육시켰다.

그렇기에 류재욱으로서는 지금 아머드 기어도 없이 오우거를 잡은 팀 아케인 멤버들의 모습을 보고 자신의 두 눈을 의심하는 것이었다.

그때, 류재욱을 향해 누군가가 말을 건넸다.

"어때?"

류재욱은 자신을 부르는 지웅의 물음에도 아무런 말을 하지 않았다.

"비록 변수가 있긴 했지만 아머드 기어 없이 오우거까지 잡았다. 네가 무슨 생각으로 우리 팀에 들어온 것인지 잘 알고 있어. 하지만 걱정하지 마라. 아머드 기어가 없어도 우리는 오우거도 사냥할 뿐만 아니라 더한 놈들도 잡을 수 있다."

류재욱의 표정을 살핀 지웅은 진지한 표정으로 다시 말을 이었다.

"너도 며칠간 함께하며 보았겠지만, 저기 정진이의 가디언인 타라칸의 능력은 오우거보다 훨씬 상위에 있다. 그런 몬스터가 우리 팀을 지켜주는 거야. 그러니 너도 다른 생각은 하지 말고 계속 우리 팀에 남아 있었으면 해. 친구로서 하는 말이니 잘 생각해 봐라."

말을 마친 지웅은 자리를 옮겨 트롤 해체 작업에 몰두했다.

어차피 누군가는 해야 할 일이기에 타라칸이 또 다른 몬스터를 몰아오기 전에 일을 끝내놓으려는 것이었다.

지웅이 하는 양을 바라보던 이정진도 자리에서 일어나 오우거에 달라붙었다.

트롤뿐만 아니라 오우거도 버릴 것이 없는 몬스터다.

트롤만큼은 아니지만 오우거의 피에도 세포를 활성화시키는 요소가 있을 뿐만 아니라, 정제를 하면 스테로이드 이상 가는 각성제를 만들 수 있었다.

오우거의 피를 정제한 각성제는 헌터들에게 무척이나 인기가 많아 트롤의 피 못지않은 비싼 가격에 거래가 되었다.

그렇기에 원래 계획에는 없었지만, 오우거의 피 또한 수거해 따로 보관을 하였다.

그리고 이들은 알지 못하는 사실이지만, 오우거의 피와 마정석을 일정 비율로 조합한 약이 바로 헌터를 양성할 때 몸에 주입하는 정제액의 정체였다.

즉, 헌터를 만들기 위해서는 오우거의 피가 꼭 필요하다는 의미였다.

그런 사실을 헌터들이 알았다면 지금 거래되고 있는 가격으로 오우거의 피를 팔지는 않을 것이다.

당연히 가격이 오를 것이고, 그렇기에 헌터 협회는 그런 사실을 헌터들에게 알리지 않고 거래를 하는 것이었다.

몬스터 사냥을 끝낸 팀 아케인은 베이스캠프인 타라칸의 둥지로 돌아왔다.

"하하하, 오늘도 많이 벌었다."

김지웅은 오늘 사냥한 몬스터들의 부산물들을 확인하며 기뻐했다.

지금 김지웅이 보고 있는 곳에는 오늘 사냥한 몬스터의 부속들이 잔뜩 쌓여 있었는데, 팀 아케인은 그날 사냥한 결과물을 그날 저녁때 멤버들이 모두 모인 자리에서 알려주는 것이 철칙이었다.

그래야 나중에 분배에 대한 불만이 없기 때문이다.

"와, 이게 낮에 잡은 오우거에게서 나온 거지?"

김지웅은 오우거의 몸에서 나온 마정석을 들어 보이며 놀라워했다.

그가 보고 있는 마정석은 상당히 컸다.

언뜻 봐선 상급이라고 착각을 할 정도였다.

다만, 그 색상이 진하지 않고 투명도 또한 탁해 상급이라 하기에는 미진했다.

그래도 일단 상급에 준할 정도로 크다 보니 상당한 값을 받을 수 있을 것 같았다.

일반적인 중급 마정석만 해도 최소 1억이 넘는 금액인데, 중급 중에서도 상등급이니 못해도 3억에서 4억은 나갈 듯했다.

물론 마정석에 들어 있는 에너지량을 측정해 봐야 정확한 금액을 매길 수 있겠지만.

연신 감탄을 토해내는 지웅의 곁으로 강현성, 진성 형제는 물론이고, 이번에 합류한 류재욱까지 모여 오우거의 몸에서 꺼낸 마정석을 살펴보았다.

한편, 그런 멤버들과 조금 떨어진 곳에서는 정진과 이정진이 무언가 대화를 나누고 있었다.

"확실히 네가 만들어준 아티팩트로 인해 쉽게 몬스터를 잡을 수 있었다."

이정진은 자신의 자리에 놓여 있는 그레이트 소드를 흘낏 돌아보고는 말했다.

사냥 도중 오우거가 난입했을 때만 해도 정말이지 아찔한 생각이 들었다.

타라칸도 없는 상황에서 오우거와 마주하게 되자 이정진은 두려움이 앞섰다.

아무리 팀 아케인이 일반 헌팅 팀에 비해 뛰어난 전력을 가지고 있다고 하지만, 상대는 중급의 몬스터인 오우거였다.

숲의 제왕이란 별칭을 가지고 있는 오우거는 일반 몬스터와 비교할 수 없을 정도로 신체 능력이 뛰어나고, 특히 주서식지인 숲에서는 종잡을 수 없을 정도로 위험하고 노련한 사냥꾼이다.

그런 몬스터가 갑작스레 난입을 하였으니 베테랑인 이정진이나 김지웅을 포함한 다른 멤버들도 어떻게 대처해야 할지 얼른 판단을 내리지 못한 것이다.

그런데 막내이면서도 몬스터 사냥을 몇 번 경험하지 못한 정진이 냉철하게 상황을 판단하고 적절한 지시를 내린 덕분에 무사히 위기를 넘길 수 있었다.

아니, 위기를 넘긴 것은 물론이고, 아머드 기어 없이는 사냥하는 것이 불가능하다고 알려진 오우거를 잡아냈다.

팀이 위험할지도 모른다고 생각했던 상황에서 반대로 몬스터를 잡아버린 것이다.

그 배경에 정진이 만들어준 아티팩트가 있음을 이정진은 잘 알고 있었다.

정진이 만들어준 아티팩트는 그 역할을 톡톡히 해냈다.

강현성의 방패가 무지막지한 오우거의 공격을 몇 번이나

막아내는가 하면, 강진성과 류재욱의 크로스 보우는 오우거의 단단한 가죽을 너무도 쉽게 뚫어버렸다.

본래 원거리 무기로는 뚫어내기가 쉽지 않은 오우거의 가죽이었다.

하지만 두 사람이 가지고 있던 크로스 보우에는 샤프니스 마법이 걸려 있었고, 이런 위급 상황에 사용하라고 만들어 준, 아이스 마법이 인챈트된 볼트까지 사용하자 그 무서운 오우거도 버텨내지 못했다.

아무리 오우거가 대단한 몬스터라 해도 몸 내부로 파고들어 얼려 버리니 결국 감당하지 못하고 몸을 바닥에 누이고 말았다.

심장이 아이스 마법으로 얼어버리니 버틸 수가 없던 것이다.

자신의 그레이트 소드도 톡톡히 활약을 해냈다.

날카로움을 극대화시켜 주는 샤프니스 마법으로 인해 단번에 오우거의 목을 잘라냈다.

비록 내장된 마정석의 에너지가 무한한 것이 아니어서 시간이 지나면 기능을 상실하겠지만, 그땐 정진이 다시 마정석을 교체해 주겠다고 했으니 팀 아케인에 속해 있는 동안에는 계속해서 아티팩트를 사용할 수 있을 것이었다.

그런 생각이 들자 이정진은 조금 욕심이 생겼다.

"정진아, 앞으로도 이렇게 사냥을 계속할 것이냐?"

"네?"

단도직입적으로 물어오는 이정진의 질문에 정진은 쉽게 대답을 할 수가 없었다.

가족들의 윤택한 생활을 위해 앞으로도 몬스터 사냥은 계속하겠지만, 자신은 몬스터 사냥에만 매달릴 수 없었다.

자신의 생명을 구해주고 이런 어마어마한 능력을 가지게 해준 두 스승을 위해서, 그리고 자신을 위해서도 부단히 마법을 수련해 경지를 더욱 높여야 했다.

더욱이 자신의 능력은 전 세계에 유일한, 아주 특별한 것이다.

분명 자신의 능력을 시기하거나 뺏으려 하는 이들이 있을 것이다.

정진은 아직 그런 이들의 위협 속에서 스스로를 지켜낼 힘이 부족했다.

다만, 두 스승이 이룩한 경지, 아니, 7클래스의 경지만 되어도 현존하는 지구의 무기로는 자신을 어떻게 할 수 없다고 생각했다.

그렇기에 될 수 있는 한 하루라도 빨리 경지를 올려야 하지만, 현실은 정진이 마법 수련에 집중할 수 있게 놔두질 않았다.

재정적으로 걱정이 없는 부잣집에서 태어났더라면 이런 고민 없이 마법 수련에만 몰두했을 테지만, 현재 정진의 처지는 집안의 장남으로서 가족의 생계를 책임지는 위치에 있었다.

물론 부상에서 회복한 아버지가 계시지만, 아직 일을 할 수 있는 상태는 아니었다.

그러니 앞으로도 한동안은 정진이 가족들의 생계를 책임져야만 했다.

지금도 사냥과 함께 연구를 병행하고는 있지만 갈 길이 멀었다.

그런 여러 가지 복합적인 상황 때문에 정진은 이정진의 질문에 쉽게 대답을 할 수가 없었다.

"형도 제 처지 아시잖아요. 사냥을 쉴 수는 없겠지만, 어느 정도 돈이 모이면 사냥보단 마법을 더욱 갈고닦아야 할 것 같아요."

"그렇지. 내가 생각해도 위험한 몬스터 사냥보단 수련을 해서 더욱 뛰어난 아티팩트를 만드는 것이 너에게 더 좋을 거다."

이정진은 정진의 말이 아티팩트 제작에 대한 부담 때문일 것이라 오해했다.

하지만 정진은 그런 오해를 잠시 그냥 두었다.

이정진의 이야기를 모두 듣고 잘못된 부분을 바로잡으려는 생각에서였다.

"그래서 말인데, 차라리 회사를 하나 차리는 것이 어떻겠나?"

"회사요?"

"응. 아티팩트 제조 판매 회사."

"음……."

정진은 이정진의 제안에 조금 놀랐다.

자신 역시도 그에 대해 생각은 하고 있었지만, 아직은 시기상조라고 판단했다.

또 팀을 구성한 지 얼마 되지도 않았는데 자신이 그런 생각을 하고 있다는 사실을 멤버들이 알게 되면 자칫 팀에 균열이 일어날지도 모른다는 걱정 때문에 차마 내색을 하지 못했다.

그런데 이정진의 입에서 먼저 그에 대한 이야기가 나온 것이다.

"우리가 마정석과 재료를 수급하고, 네가 제조를 하면 비용도 적게 들지 않겠냐. 힘들게 사냥을 해서 괜히 헌터 협회나 배불려 줄 이유도 없고 말이다. 게다가 그렇게만 되면 안정적으로 많은 돈을 벌 수 있을 테니, 서로에게 좋을 것 같다. 물론 이건 네가 없으면 절대 할 수 없는 일이니 괜한 내 욕심일 수도 있겠다만 말이다."

이정진은 그동안 품어온 생각을 가감 없이 이야기했다.

사실 헌터도 결국 육체를 쓰는 직업이기에 언제까지 몬스터를 상대로 목숨을 걸고 해 나갈 수 있을지는 알 수 없는 일이었다.

이는 소규모 몬스터 헌팅을 하는 헌팅 팀이나 기업이 후원을 하는 대형 클랜, 그리고 대기업의 계열사로 운영되는 헌터 클랜에 속한 헌터들 모두가 마찬가지였다.

그렇기 때문에 헌터들은 파워 슈트와 냉병기를 들고 몬스터를 잡는 육체파 헌터보다 아머드 기어를 운용하는 아머드 기어 드라이버가 되려고 노력하는 것이다.

그래야 조금이라도 오래도록 헌터 일을 할 수 있기 때문이다.

그런데 지금 이정진은 팀 아케인 멤버들의 먼 미래까지 고려하여 몬스터를 잡아 마정석과 부속들을 헌터 협회에 넘기는 1차적인 일이 아닌, 사냥한 몬스터를 직접 가공해 판

매하는 2차 산업에 중점을 두고 일을 하자고 제안하는 것
이었다.

이정진의 말에 정진도 동의하였다.

사실 정진 역시 첫 사냥에 나서기 전부터 그에 대한 계획
을 하고 있었지만, 차마 말을 하지 못했다.

괜히 말을 꺼냈다가 멤버들의 자존심을 건드리는 일이 될
수도 있기 때문인데, 팀장인 이정진이 먼저 그런 제안을 해
오자 말을 하기가 더욱 편해졌다.

"사실 저도 진작부터 그런 생각을 하고 있었어요. 하지만
형들이 어떻게 생각할지 몰라 선뜻 말을 꺼내지 못하고 있
었는데……."

이정진의 얼굴에 부드러운 미소가 걸렸다.

전부터 생각해 오던 것이지만, 눈앞에 있는 정진이 참으
로 대견했다.

노태 클랜의 계약직 일꾼으로 위장했을 당시, 이런저런
이야기를 나누면서 느낀 정진에 대한 인상은 어려운 환경에
서도 정말 바르게 자란 청년이라는 점이었다.

만약 자신이라면 그런 환경에서 정진과 같은 성정을 갖기
는 불가능했을 것이다.

부모의 보호를 받아야 할 시기에 가족들을 부양하기 위해

학업을 중단하고 험난한 사회에 뛰어들었다.

어린 나이에 갖은 고생을 하면서도 가족을 버리지 않고, 급기야는 목숨을 내놓고 몬스터의 땅인 뉴 어스에까지 발을 들였다.

이때의 정진만 하더라도 비슷한 또래의 흔한 청년이 아니라 느꼈는데, 지금은 나이를 떠나 정말 존경스러울 지경이었다.

"하지만 그렇게 하기 위해선 우리에게 자본이 더 필요해요. 아무리 작게 시작한다고 해도 우선은 마법의 경지를 더욱 높여야 하고, 그러기 위해선 제가 안정적으로 수련에만 전념할 수 있는 환경이 갖춰져야 해요."

"음……."

"뭐, 지금부터 조금씩 준비해 나가다 보면 올해가 가기 전에 우리만의 클랜을 만들 수 있을 거예요. 그렇게 되면 제가 빠지더라도 형님들이 충분히 안전하게 몬스터를 사냥하고 필요한 재료도 구할 수 있을 것이고요."

"그래, 서둘러 준비할수록 우리의 목표에 보다 빠르게 다가갈 수 있겠지."

"예. 사실 형님들께서도 언제까지 현장에서 직접 뛸 수는 없잖아요."

"그 말은 맞다. 나도 그렇고, 다른 애들도 나이가 있으니……. 중국의 헌터들은 그나마 조금 더 오래 현장에서 일을 한다고 듣긴 했지만, 대부분의 헌터들은 마흔만 넘어도 사실 현장에서 몬스터를 상대하는 것이 쉽지 않지. 그것이 아머드 기어 드라이버라 해도 말이다."

헌터 사회가 어떻게 흘러가는지 너무도 잘 아는 이정진은 멤버들을 한 명씩 바라보며 푸념을 쏟아냈다.

"중국의 헌터는 뭐가 다른가요?"

정진은 의아한 생각이 들어 물었다. 뉴 어스 개발을 선도하고 있는 국가인 미국이나 유럽도 아니고, 중국을 언급하니 궁금한 마음이 든 것이다.

"응. 중국에는 무공이란 것이 있어 헌터들의 실력이 무척이나 뛰어나다고 하더라. 그래서인지 중국의 일류 헌터들 중에선 혼자 트롤을 상대할 수 있는 5급 이상의 헌터가 상당히 많아. 예닐곱 정도의 헌터가 오늘 우리가 잡은 오우거를 잡았다는 소문도 있다. 물론 확인되지 않았기에 다들 중국인 특유의 과장이라 생각하지만 말이다."

이정진은 자신이 알고 있는 것을 최대한 설명해 주었다.

"그 말이 사실이라면… 중국 헌터들의 실력이 상당하네요."

"그렇지. 어려서부터 무공을 배운다는데, 그것이 헌터가 되기 위해 몸에 주입하는 마정석의 에너지와 결합해 엄청난 효과를 보인다고 하더구나."

"음……."

이정진의 이야기를 들은 정진은 작게 신음을 흘렸다.

아직까지 헌터의 등급에 관해 정확한 기준을 세운 것은 아니지만, 정진은 트롤을 일대일로 상대할 수 있다는 5등급에 대한 두려움은 전혀 없었다.

다만, 똑같이 마정석의 에너지를 주입 받았는데 더 높은 등급의 능력을 보인다는 점에 대한 궁금증은 더욱 증폭되었다.

"참, 우리나라도 몇몇 무술을 익힌 헌터들은 중국의 헌터들처럼 대단한 능력을 보인 이들이 있었어. 그들은 대형 클랜의 수장이 되거나 스카우트 되었다고 하더라."

"아!"

정진은 이정진의 말에 뭔가 머리를 스치고 지나가는 생각이 있었다.

기본적으로 마정석은 몬스터가 몸에 축적한 마나라 할 수 있었다.

그것을 가공해 몸에 주입해 일반인이 특별한 능력을 가지게 되고, 헌터가 되는 것이다.

물론 그 방법이 조금 무식한 방법이라 사용된 마나에 비해 효과는 그리 크지는 않지만, 만약 그것을 보다 효과적으로 적용할 수만 있다면 지금보다 팀을 더욱 크게 키울 수 있을 것 같았다.

"왜? 뭔데?"

정진이 무언가 깨달은 듯 탄성을 지르자 이정진이 물었다.

그에 정진은 미소를 지으며 대답했다.

"스승님께 마법을 배울 때 잠깐 흘려들었던 이야기가 생각이 나서요."

"그래? 뭐 중요한 내용이냐?"

이정진은 흘려들었다는 정진의 말에 별 기대 없이 물었다.

하지만 정진의 입에서 나온 이야기는 이정진의 생각보다 훨씬 더 놀라운 것이었다.

"잘만 하면 형님들의 실력을 더 늘릴 수 있는 방법이 있을 것 같습니다."

"뭐? 우리의 실력을 늘린다고? 어떻게?"

이정진은 정진의 곁으로 바짝 다가앉으며 물었다.

정말 끝도 없이 자신을 놀라게 하고, 감탄하게 만드는 정진이었다.

정진은 잠시 머뭇거리다 자신의 생각을 들려주었다.

"뉴 어스의 인간들은 우리처럼 마정석을 가공한 물질을 몸에 주입하는 방식이 아니라 자연에 퍼져 있는 마나를 모아 축적하는 방법을 사용해요."

"그게 우리에게도 통할까?"

이정진은 고개를 갸웃거리며 물었다.

사실 겉으로 보이는 모습이 같다고 뉴 어스의 인간과 지구의 인류가 동일하다고 장담할 수는 없었다.

하지만 정진은 문제없다는 듯 확신을 담아 말을 이어 나갔다.

"사실 제가 마법을 사용하기 위해 쓰는 마나나 몬스터들의 몸에서 추출해 낸 마정석의 에너지는 같은 것이에요. 몬스터의 것은 그들의 몸에 맞게 변형된 형태이고, 제가 사용하는 것 또한 제가 사용하기에 용이하게 변형된 것입니다."

정진은 차분하게 마정석과 마나에 대한 이야기를 이정진에게 들려주었다.

어느새 이정진의 머릿속에는 조금 전 이야기를 꺼낸 회사설립에 대한 내용은 하나도 남아 있지 않았다.

그저 자신과 팀원들의 실력을 더욱 키울 수 있는 방법에 대한 생각만이 머릿속을 가득 채웠다.

몬스터가 가진 강력한 힘의 근원이 마정석에 있으며, 그 것이 정진이 마법을 사용할 때 연료가 되는 마나의 변형이 라는 소리에 어렴풋이 마정석에 대한 근원을 짐작하게 된 것이다.

"그러니까 네 말은 몬스터의 몸에서 나온 마정석이 영물 의 내단이나 뭐 그런 것과 비슷한 거란 말이지?"

"뭐, 그렇다고 할 수 있죠."

"그리고 만약 그것을 우리가 몸속에 만들어낼 수 있다면 우리도 몬스터처럼 더욱 강력한 힘을 가질 수도 있다는 말 이고?"

"맞아요. 하지만 인간은 마정석을 만들 수 없어요. 사실 만든다 해도 인간에게는 효율이 좋지 못할 거예요. 마정석 을 주입해 보다 강한 힘을 가지게 되긴 하지만 발휘하는 힘 이 미비한 것을 보면 알 수 있어요. 인간에겐 보다 효율적 으로 마나를 활용하는 법이 따로 있어요."

"아, 그럼 조금 전 네가 한 말은……."

"맞아요. 뉴 어스의 인간들은 그 방법을 개발했는데, 그 중 하나가 제가 익힌 마법이고, 다른 한 방법은 형님들처럼 육체를 이용해 마나를 몸에 축적하는 방법입니다. 마치 무협지의 고수들처럼 말이지요."

이정진은 정진의 설명에 입을 크게 벌린 채 어떤 말도 할 수가 없었다.

소설에서나 나올 법한 이야기들이 실재한다는 말에 정신을 차릴 수가 없는 것이었다.

"그런데 뉴 어스의 인간이 만든 방법이 우리에게 통할까?"

이정진은 흥분된 마음을 애써 가라앉히며 물었다.

괜히 큰 기대를 했다가 실망할 수도 있기에 조금은 마음을 비운 것이었다.

"그건 상관없어요. 사실 특별한 건 없어요. 무협 소설에 나오는 동공(動功)처럼 정해진 동작과 호흡을 일치시키면 되는 것이니, 형님도 쉽게 익힐 수 있을 것입니다."

"그래?"

정진의 대답에 이정진은 눈이 커졌다.

그런 방식으로 강해질 수 있다는 것도 놀라운데, 자신도 쉽게 익힐 수 있다고 하니 애써 가라앉혀 두었던 기대감이 다시 솟아올랐다.

"물론 방법을 배운다고 효과가 바로 나타나는 것은 아니

헌터 프론티어

에요."

"그래도 그게 어디냐. 소설에서도 무공을 익히기 위해선 오랜 기간 수련을 해야 한다고 나오는데, 하물며 현실에서 곧바로 효과를 보기는 어렵겠지."

잠시 실망을 하긴 했지만 이정진은 바로 정신을 차리고 수긍했다.

자신과 팀원들이 한 단계 더 나아갈 길을 찾아낸 것만으로도 크나큰 수확이었다.

"아직 준비할 것이 많으니, 일단 천천히 계획을 세워보죠."

"그러자. 급하게 하지 말고 순차적으로 차근차근 제대로 준비해야지."

"네."

정진과 이정진은 그렇게 팀 아케인이 앞으로 나아갈 바를 정하고 구체적인 구상에 들어갔다.

† † †

짧은 스포츠머리에 구릿빛 피부의 장년인이 의자에 앉아 손잡이를 두드리며 무언가를 골똘히 생각하고 있었다.

그런 장년인을 지켜보는 사람들의 표정은 잔뜩 굳어 있었다.

이곳은 중국 최대 헌터 클랜, 아니, 문파인 구룡문이고, 장년인은 구룡문의 주인인 구룡문주였다.

중국은 특이하게 헌터들의 집단을 클랜이나 길드라 부르지 않고 문파라는 호칭을 사용했다.

굳이 영어식의 클랜이란 단어보단 자신들에게 익숙한 문파란 단어를 쓰며, 다른 나라와 협상을 할 때도 자신들의 뜻을 관철해 중국의 헌터 클랜은 타국에서도 문파라 불러주었다.

그런 중국의 문파 중에서도 최고의 세력을 자랑하는 구룡문의 문주인 주우위는 뭐가 그리 마음에 들지 않는 것인지 인상을 잔뜩 찌푸리며 의자 손잡이만 연신 두드리고 있었다.

"문주, 이 사태를 어떻게 해결할 것인가?"

한참 인상을 쓰고 있는 주우위에게 오른쪽에 자리하고 있던 반백 머리의 남자가 물었다.

그는 구룡문의 장로로, 개인적으로 문주인 주우위의 사촌형제이기도 한 자였다.

구룡문에는 주우위와 혈연으로 묶인 인사들이 많이 분포

하고 있지만, 그렇다고 그들이 모두 주우위를 따르는 것은 아니다.

방금 질문을 한 주상위 장로 역시 문주인 주우위를 견제하는 파벌에 속한 인물 중 하나였다.

"창천문에서 벌써 괴수 공업 총공사의 등소룡 사장과 면담을 요청했다고 하는데, 우린 이대로 그것을 지켜봐야 한다는 말인가!"

현재 창천문은 구룡문의 뒤를 바짝 쫓고 있는 중국 내 헌터 문파 중 하나로, 그 세력이 결코 구룡문에 못지않았다.

구룡문이 창천문이나 다른 중국 내 헌터 문파보다 앞설 수 있는 이유는 아머드 기어의 숫자에 있었다.

중국 내 헌터 문파들은 특이하게도 헌터 개인의 무력을 중요시하며 아머드 기어를 몬스터 사냥에 많이 활용하지 않았다.

그도 그럴 것이, 중국에서 생산되는 아머드 기어는 대몬스터 병기라는 이름에 전혀 어울리지 못했다.

누가 중국산 아니랄까 봐 가격만 비싸고, 성능은 미국이나 독일산은 물론이고 일본의 것보다도 떨어졌다.

동작도 느리고 움직임도 부자연스러워 운용이 쉽지 않았다.

마치 초기 아머드 기어인 것처럼 운용이 무척이나 어려워 들어간 비용에 비해 효과가 미미했다.

그와는 반대로 중국의 헌터들은 어려서부터 무공을 익히고 헌터가 되면서 주입한 마정석의 에너지와 무공이 결합해 엄청난 시너지 효과를 보였다.

그러다 보니 파워 슈트를 입은 헌터보다 약간 나은 정도의 성능밖에 없는 아머드 기어의 활용은 중국 내 헌터 문파들에게 그리 선호 대상이 아니었다.

돈만 잔뜩 들어가고 효과는 별로 없는 아머드 기어이다 보니 꺼려하는 것이 당연했다.

하지만 구룡문은 달랐다. 주우위는 문주의 자리에 오르며 아머드 기어의 활용법을 찾아내고, 그것을 적절히 사용해 막대한 부를 구룡문에 안겨주었다.

그 활용법이란 바로 오우거와 같은 중형 몬스터를 상대하는 데 아머드 기어를 투입하는 것이었다.

비록 중국산 아머드 기어가 동작이 굼뜨고 둔해 다른 몬스터를 사냥하는 데에는 불필요한 존재로 인식이 되고 있지만, 중형 몬스터를 상대할 때는 그렇지 않았다.

물론 다른 문파들도 그런 생각을 하지 않은 것은 아니지만, 아머드 기어는 아무리 구형이라도 수천만 위안에 달하고, 신형은 무려 1, 2억 위안 정도의 가격이었다.

문파들로서는 그런 큰돈을 투입하지 않고 무술을 익힌 헌터에게 파워 슈트만 입혀도 충분히 몬스터를 잡고 마정석을 확보할 수 있는데 굳이 1억 위안이 넘어가는 금액을 사용할 이유가 없었다.

그런 이유로 다른 문파들이 아머드 기어에 관심을 가지지 않을 때, 주우위는 과감하게 문파 내 자금을 총동원해 괴수 공업 총공사에서 생산하는 아머드 기어를 사들였다.

그리고 그 숫자를 바탕으로 오우거와 같은 중형 몬스터를 무차별적으로 잡아 나갔다.

뒤늦게 구룡문이 성장하는 것을 본 창천문에서 아머드 기어를 구입하기 위해 괴수 공업 총공사에 로비를 하고, 주우위는 그 때문에 고심에 빠진 것이다.

현재 구룡문은 괴수 공업 총공사의 등소룡 사장과 관계가 그리 좋지 못했다.

등소룡과 관계가 틀어진 이유는 다름이 아니라 괴수 공업 총공사가 한국에서 온전한 형태의 타이탄을 가져올 때 주우위가 방해를 했기 때문이다.

구룡문의 문주인 주우위는 타이탄의 존재를 오래전부터 알고 있었다.

또한 미국이나 독일이 타이탄 연구를 바탕으로 아머드 기어를 완성한 것도 알고 있었기에 욕심을 냈다.

이미 미국과 독일은 물론이고, 괴수 공업 총공사가 가지고 있는 연구 자료의 내용도 상당 부분 빼돌려 놓은 상태였다.

그렇기에 온전한 형태의 타이탄만 있다면 충분히 그것을 연구해 자체적으로 똑같은 것을 만들어낼 수 있다는 자신이 있었다.

괴수 공업 총공사에서 비밀리에 들여오려던 타이탄을 중간에서 가로채려고 한 것도 그런 이유에서였다.

하지만 주우위의 시도는 중간에 들통나 버렸고, 괴수 공업 총공사와 관계만 틀어지게 되었다.

아무리 대인배라도 자신의 밥상을 가로채려는 자와 관계가 좋을 수는 없는 노릇이었다.

상황이 그렇게 흘러가자 창천문의 문주인 이화결이 발 빠르게 빈틈을 비집고 들어가 등소룡과 면담을 추진했다.

그가 무슨 이유로 등소룡을 만나려는 것인지는 빤했다.

구룡문에 비해 열세인 아머드 기어의 숫자를 늘리려는 것이다.

예전에야 그저 소 닭 보듯 했지만, 구룡문에서 아머드 기어의 활용 방법을 선보이면서 중국 내 많은 문파에서 그 방법을 따라 하려 하였다.

그렇지만 지금까지는 누구도 그 뜻을 이루지 못했다.

그것은 바로 아무도 눈여겨보지 않던 아머드 기어를 구입해 준 것에 고마움을 느낀 등소룡이 아머드 기어의 공급을 구룡문에 우선하여 분배했기 때문이다.

그 바람에 다른 문파들은 원하는 만큼의 아머드 기어를 공급 받지 못했다.

하지만 주우위의 욕심으로 구룡문과 등소룡의 관계가 틀어지자 이때다 싶어 이화결이 면담을 요청한 것이다.

구룡문은 그 때문에 비상이 걸렸다.

예전이라면 문주인 주우위의 뜻에 감히 반대하지 못했겠지만, 이젠 아니었다.

직접적인 구룡문의 이득이 걸린 문제였기에 그동안 잠자코 있던 반대파에서 들고일어난 것이다.

자신들에게 이득만 가져다주면 원수라도 참고 인내할 수 있지만, 그렇지 않다면 두고 볼 수만은 없는 일이었다.

주상위를 비롯해 다른 반대파 장로들은 벌써 실책을 범한 주우위를 실각시키려는 움직임을 보이고 있었다.

주우위는 그러한 반대파의 움직임을 다 알고 있으면서도

제대로 통제를 할 수가 없었다.

　이번에 저지른 실책이 너무도 크기에 뾰족한 수를 내지 못하고 고심만 거듭하고 있는 것이었다.

Chapter 8
다가오는 위험

깍깍, 깍깍.

이른 아침부터 까치가 시끄럽게 울어 댔다.

아침을 준비하기 위해 일찍 일어난 정은은 그 소리에 괜히 기분이 좋아졌다.

"아침부터 까치가 울다니, 반가운 손님이라도 오려나?"

아직 어린 정은이지만 오래전 어머니가 했던 말이 떠올라 자신도 모르게 중얼거렸다.

정은은 간단하게 세안을 하고 난 후에 쌀을 씻어 전기밥솥에 올렸다.

그러고는 바로 찌개거리를 가스레인지에 올리고 간단한

밑반찬을 준비하였다.

김치야 담가놓은 것이 있어 옮겨 담으면 그만이니 아침 준비는 얼추 끝났다고 볼 수 있었다.

식사 준비가 대충 마무리되어 가자 정은은 정수를 깨우고 안방으로 가 수현도 깨웠다.

"아버지, 진지 드세요."

정은은 요즘 하루하루가 너무도 행복했다.

정진이 뉴 어스에서 큰돈을 벌어와 집도 사고 생활비도 넉넉해졌기 때문이다.

예전에는 이런 생활을 꿈도 꾸지 못했다.

그러나 이제는 단독주택에 정원도 있는 집에 살게 되었다.

가족 모두 자신의 방이 있었다.

정은은 큰오빠가 꾸며준 자신의 방이 너무도 마음에 들었다.

반지하에 살 때도 여자라는 이유로 독방을 쓰기는 했지만, 예쁘게 꾸며놓고 살 수는 없었다.

집이 워낙 작아 짐을 쌓아놓기에도 급급해 감히 방을 꾸밀 생각을 못했다.

그런데 새롭게 이사를 하면서 큰오빠는 그동안 못해준 것에 대한 보상이라며 마치 유럽의 공주님 방처럼 여러 가지를 사다 꾸며주었다.

가끔 친구들이 집으로 놀러와 자신의 방을 구경하고 부러워하는 모습을 볼 때면 내심 기분이 좋았다.

불과 몇 달 만에 이렇게 삶이 바뀐 것을 보면 정말로 게이트 너머가 기회의 땅이긴 한가 보다고 생각이 들었다.

정은은 이런저런 생각을 하다 문득 가족들을 위해 몬스터가 득실거리는 뉴 어스에서 고생하고 있을 정진이 걱정되었다.

"큰오빠는 잘 있으려나?"

마법이란 어마어마한 능력을 가지고 있다지만, 무시무시한 몬스터들만 생각하면 정은은 아직도 정진에 대한 걱정을 하지 않을 수가 없었다.

"누나, 오늘 아침은 뭐야?"

그때, 막 씻고 나온 정수가 물었다.

"뭐, 매일 먹던 거지."

"뭐야, 누나. 큰형이 돈 주고 간 것 있잖아. 우리 맛있는 것 좀 먹자."

정수는 자리에 앉으며 밥투정을 부렸다.

"너 큰오빠가 얼마나 고생을 하는지 몰라서 그런 소리를 하니?"

여전히 철이 없는 정수의 태도에 정은은 마치 엄한 어머니가 아들을 혼내듯 따끔하게 나무랐다.

"하하, 무슨 일인데 아침부터 우리 정수 입이 튀어 나온 게냐?"

"아빠, 글쎄 정수가 반찬 투정을 하잖아요. 이 정도면 얼마나 진수성찬인데."

정은은 식탁 위로 보글보글 끓는 찌개를 올려놓으며 말했다.

하지만 한참 성장기인 정수에게 고기가 없는 식탁은 뭔가 허전했다.

"전보다는 낫지만 그래도 난 고기가 먹고 싶다고. 누나, 우리 고기 좀 사다 먹자, 응?"

겨우 두 살 차이밖에 나지 않는 누나지만 집안의 살림을 책임지는 사람이 바로 정은이기에 정수는 어리광을 부리며 졸라댔다.

"알았어. 저녁에 고기 구워줄 테니, 지금은 그냥 먹어. 그리고 여기 찌개에 너 좋아하는 돼지고기 넣었으니 많이 먹고."

정은의 말이 떨어지기 무섭게 정수는 얼른 김치찌개를 맛

보았다.

"그래, 이 맛이야!"

그러고는 마치 광고에 나오는 것처럼 호들갑을 떨었다.

"하하!"

사이좋은 아들딸의 모습을 지켜보던 정수현은 자신도 모르게 기꺼운 웃음을 터뜨렸다.

정말이지 하루하루가 행복했다.

다만, 가슴 한편으로는 이런 행복한 풍경 속에 아내의 모습이 없다는 것이 못내 죄스러웠다.

자신이 부상을 당하는 바람에 고생을 하다 젊은 나이에 요절한 아내가 자꾸 떠올랐다.

† † †

"허허, 이거 생각보다 더한 거물이었네?"

대한민국 헌터 협회의 회장 전기수는 이기동 부장의 보고를 듣고 작게 감탄하며 중얼거렸다.

"마법을 사용한다는 것은 알았지만 설마 아티팩트를 만들 수 있다니, 참으로 놀라운 능력이야. 그렇지 않나?"

전기수 회장은 법정에서 마법을 시연하고 아티팩트를 만

들어내면서 노태 클랜의 덫에서 멋지게 빠져나온 정진을 다시금 보게 되었다.

전에는 그저 이계인을 만나 운 좋게 마법을 배워 온 정도로 생각했다면, 지금은 절대 다른 곳에 빼앗겨선 안 될 인물로 인식했다.

헌터 산업에 있어 아티팩트는 절대 빠질 수 없는, 절대적인 품목이었다.

아머드 기어가 최고의 대몬스터 병기인 것은 두말할 것 없는 사실이다.

하지만 그 못지않게 던전에서 발굴되는 아티팩트는 권력자들에게 엄청난 가치를 가졌다.

몬스터를 사냥하는 헌터나 헌터 클랜에게는 몬스터를 쉽게 사냥할 수 있는 아머드 기어가 더 중요할지 모르지만, 세계를 경영하는 권력자들에게 아머드 기어는 아무런 가치가 없었다.

그보다는 자신의 품위를 높이고 권위를 살릴 수 있는 물건이나, 안전을 지켜줄 수 있는 물건이 더욱 가치가 있었다.

그런 물건들 중에 단연 최고는 던전에서 발굴되는 아티팩트였다.

그중에서도 인기 있는 능력을 가진 아티팩트는 워낙 희소
성이 있어 더욱 가치가 높았다.

그런데 그런 아티팩트를 만들어내는 능력을 가진 사람이
나타난 것이다.

만약 자신이 먼저 그런 사실을 알았다면 애당초 혼란을
방지할 수 있었을 것이다.

하지만 재판 과정에서 정진이 많은 사람들 앞에서 능력을
공개했기 때문에 이미 일은 벌어지고 말았다.

그의 능력을 차지하려고 전 세계의 힘 좀 쓴다는 사람들
이 이곳 대한민국에서 전쟁을 벌일지도 몰랐다.

그런 만큼 정신을 바짝 차려야 한다.

자칫 잘못했다가는 지금껏 쌓아온 자신의 모든 업적이 한
순간에 날아가 버릴 수도 있었다.

정진이 보여준 능력은 어떻게 활용하느냐에 따라 핵폭탄
이상의 영향력을 발휘할 수 있을 만한 것이었다.

전기수는 정진을 절대 다른 곳에 빼앗기고 싶지 않았다.

아직 자신의 사람으로 들어온 것은 아니지만, 대한민국
헌터 협회에 등록되어 있는 헌터이니 다른 곳에 절대 빼앗
겨선 안 되었다.

만약 정진을 다른 나라 헌터 협회에 빼앗겼다가는 자신을

견제하는 부회장파에서 가만있지 않을 것이다.

또한 반대파인 부회장 측에 정진이 넘어가서도 안 되었다.

만약 정진이 넘어가게 된다면 협회 내 영향력이 부회장 쪽으로 확 쏠리게 된다.

지금도 차현수 부회장은 정치권과 잦은 만남을 가지고, 또 재계 쪽에도 상당한 인맥을 보유하고 있어 상대하기가 만만치 않은 상황이었다.

그런데 만약 거기에 정진의 아티팩트가 결합된다면 게임이 끝난 것이나 마찬가지였다.

그러니 어떤 수를 써서라도 정진을 자신의 쪽으로 끌어들여야 했다.

뭐, 지금까진 잘 진행이 되고 있었다.

이기동 부장을 통해 호감을 표하고, 또 그가 하는 일도 직간접적으로 도움을 주었으니…….

"이 부장."

"예, 회장님."

"정정진 헌터 말이야……."

"예."

"어떻게 생각하나?"

"예? 무슨 소리신지……."

이기동은 전기수 회장의 뜻을 알 수가 없어 재차 물었다.

"우리 쪽으로 그를 데려올 수 있겠냐고 묻는 것이네."

"음……."

이기동은 전기수 회장의 말에 작게 신음을 흘렸다.

그가 만나본 정진은 절대 허술한 사람이 아니었다.

비록 나이는 어리지만 직접 만나 대화를 나눠본 결과, 절대 다른 사람에게 휘둘릴 사람이 아니란 사실을 깨달을 수 있었다.

그래서 자신은 최대한 그와 좋은 관계를 유지할 정도의 끈만 유지하고 있었다.

서둘러 그에게 접근하는 것은 금물이었다.

"쉽지 않을 것입니다."

"무슨 근거로 그런 판단을 내린 것인가?"

조금은 실망스러운 이기동의 말에 전기수는 좀 더 무거워진 목소리로 물었다.

이기동은 그에 바로 대답을 하였다.

"제가 만나본 정정진 헌터는 나이에 비해 사회 경험이 많은 듯했습니다. 뿐만 아니라 사람의 심리 파악에 능합니다. 만약 저희가 그를 이용하려 한다고 판단을 내린다면 절대 그냥 두고 보지 않을 것입니다."

"그렇다면 자넨 어떻게 하는 것이 가장 좋다고 생각하나?"

"지금 이 정도가 딱 좋다고 생각합니다."

"그렇게 생각하는 근거는?"

전기수 회장은 몸을 의자에 묻으며 다시 물었다.

그 모습에 이기동 부장은 바짝 긴장했다.

지금 그의 기분이 무척 좋지 못하다는 것을 깨달은 것이다.

전기수 회장에게는 본인이 모르는 버릇 하나가 있었다.

그건 바로 기분이 나쁘거나 화가 날 때면 무척이나 차분해진다는 것이다.

이를 눈치채지 못하고 생각나는 대로 대답을 했다가는 뒷감당을 하기 힘들어진다.

실제로 그런 실수 때문에 몇몇 헌터 협회 간부가 좌천되거나 옷을 벗기도 했다.

하지만 전기수 회장의 버릇을 잘 알고 있는 이기동 부장은 사소한 실수도 하지 않도록 신경 쓰며 자신의 생각을 조심스럽게 설명해 나갔다.

"그는 젊습니다. 그리고……."

"그리고?"

"자신의 뛰어난 머리와 힘을 너무도 잘 알고 있습니다."

"젊고 머리도 똑똑한데다 자신이 가진 힘을 잘 알고 있다?"

"그렇습니다. 그렇기에 자신을 이용하려는 이를 절대로 그냥 두고 보지 않을 것이 분명합니다. 절대로 자신의 손해를 잊고 넘어갈 인물이 아닙니다."

"하아⋯⋯."

신중하면서도 단호한 목소리로 답하는 이기동 부장의 말에 전기수 회장은 두 손을 모아 턱에 괴며 한숨을 내쉬었다.

이기동 부장이 저렇게까지 말을 하는 것을 보면 권위로 누른다고 고개를 숙일 인물이 아니란 소리였다.

"하긴, 다른 사람들에게 휘둘릴 인물이라면 그렇게 많은 사람이 보는 곳에서 능력을 선보이지도 않았겠지."

"맞습니다. 아마 이런 사태가 벌어질 것을 예상하면서도 위험을 감수하며 노태 클랜에 자신의 능력을 보였다고 생각됩니다."

이기동은 설득이 통한 듯하자 얼른 자신의 의견을 피력하였다.

"흠, 그렇지만 너무 아깝다는 생각이 들어. 그가 아티팩트를 만든다면 분명 유통을 시도할 텐데, 그걸 우리 쪽에서 대행하게 된다면 지금보다 더 커다란 힘을 얻을 수 있을 것 같단 말이야. 정말 아까워…….."

생각만 해도 속이 쓰려왔다.

유통만이라도 자신이 속한 파벌에서 진행한다면 큰 힘이 될 것이 분명했다.

"그렇다면 저희가 먼저 제안을 하는 것이 어떻겠습니까?"

"응?"

"제가 알아본 바로는 정정진 헌터는 아직 재정적으로 그리 풍족하지 않다고 합니다. 그러니 몇 가지 편의를 봐주고 저희가 판매 대행을 해준다고 접근한다면 통할 수도 있을 것 같습니다."

전기수는 이기동 부장의 말을 곰곰이 생각해 보았다.

'필요한 편의를 봐주고 판매 대행을 한다? 그거 나쁘지 않군. 굳이 난장판에 끼어들 필요 없이 실리만 챙기면 되니 말이야. 음, 이번 기회에 나도 정치권이나 재계에 어느 정도 인맥을 만들어둬야 할 것 같군.'

조용히 궁리를 하던 전기수는 자신도 부회장처럼 인맥 쌓기에 힘 좀 써야 할 필요성을 깨달았다.

예전 자신이 현역으로 활동할 때와 다르게 이젠 헌터 사회도 인맥과 정치력이 필요했다.

✝   ✝   ✝

전기수 회장이 이기동 부장과 회동을 가지고 있을 무렵, 차현수 부회장 역시 자신의 측근들을 대동하고 회의를 하고 있었다.

"부회장님."

"뭔가?"

"구룡문의 제안을 어떻게 할 생각이십니까?"

"이봐, 지금 구룡문이 문제가 아니야."

"예?"

"하, 그놈이 아티팩트를 만들 수 있을지 누가 알았겠나? 젠장, 그런 사실을 좀 더 빨리 알았더라면 차기 협회장은 물론이고, 그 위도 노려볼 수 있었는데……."

차현수는 다 잡은 고기를 놓친 것 같은 기분에 불만을 터뜨렸다.

그는 잘 알고 있었다. 요즘 한참 화제가 되고 있는 정정진이 자신과 그리 잘 맞지 않는다는 것을 말이다.

아니, 어떤 면에서는 대립을 하고 있다고 봐도 좋았다.

이 모든 것이 자신의 조카가 멍청하게 벌인 일 때문이었다.

생환자 최초 조사에서 제멋대로 판단을 하여 판을 어그러뜨린 것은 물론이고, 노태 클랜의 노인태 사장이 정진을 고소했을 때도 근거를 마련해 주었던 일이 뒤늦게 발견되었다.

다행히 정진이 재판장에서 자신의 무고를 증명하기 위해 벌인 아티팩트 제조로 모든 사람들의 관심이 쏠려 간신히 그 일은 덮을 수 있었다.

하지만 그렇다고 해서 이미 벌어진 일이 없던 일이 되는 것은 아니었기에 차현수는 정진을 자신의 파벌로 끌어들일 생각을 하지 못했다.

그런 상황에서 자신과 거래 관계에 있는 구룡문에서 정진에 대해 문의를 해오며 가능하다면 자신의 문파로 영입을 하고 싶다는 제안이 들어왔다.

만약 일을 성사시켜 준다면 충분한 대가를 주겠다고 했다.

그러니 차현수나 그가 속한 파벌에서 열을 내지 않을 수 없었다.

"부회장님, 굳이 구룡문의 제안을 깊게 생각할 필요가 있겠습니까? 차라리 그냥 우리 쪽으로 그를 끌어들이는 것이 어떻습니까? 황금 알을 낳는 거위를 굳이 다른 사람의 손에 넘겨줄 필요는 없지 않습니까."

"그렇습니다. 괜히 구룡문 좋은 일을 시킬 필요는 없습니다. 그가 만들어낼 아티팩트 중 몇 개만 뒤로 **빼돌려**도……."

현재 일이 어떻게 흘러가고 있는지도 생각하지 못한 채 마치 정진이 자신의 수중에 있는 것처럼 말하는 간부들을 보며 차현수는 머리가 지끈 아파왔다.

"그럼 누가 그와 접촉을 해볼 건가?"

고양이 목에 방울 달기였다. 성공만 한다면 커다란 떡고물이 떨어질 것이 분명하지만, 만약 실패를 했을 때는 그만큼 리스크가 컸다.

자리에 모인 간부들은 정진의 영입에 관해선 이구동성으로 찬성했지만, 정작 그를 끌어들이는 일에는 선뜻 손을 들지 못했다.

✝   ✝   ✝

딩동.

이기동은 초인종을 누르며 초조한 마음을 다잡으려 했다.

그러나 집 안으로 울려 퍼지는 초인종 소리는 떨리는 그의 심장을 더욱 요동치게 만들었다.

— 누구세요?

"예, 헌터 협회에서 나왔습니다. 혹시 정정진 헌터님 계십니까?"

이기동은 젊은 여자 목소리에 얼른 신색을 바로 하고 외부 카메라에 협회 사원증을 내보였다.

— 오빠는 사냥을 나갔는데요. 내일이나 모레쯤에 온다고 했어요.

'아, 동생이구나. 목소리가 아주 곱군. 에구, 그러고 보니 내가 사냥 일정도 확인하지 않고 왔구나.'

이기동은 자신의 실수를 깨달았다.

정진에 대한 전기수 회장의 관심 때문에 마음이 급한 탓이었다.

어떻게든 다른 세력보다 먼저 정진에게 접근해 헌터 협회, 아니, 정확하게는 자신이 속한 전기수 회장 파벌과 유대를 돈독히 쌓아야 했다.

그래서 직접 만나 의향을 물으려 무작정 찾아온 탓에 미처 정진의 스케줄을 확인하지 못했다.

평소였다면 이기동은 절대 이런 실수를 하지 않았을 것이다.

'어떻게 한다?'

이기동은 잠시 머뭇거리며 고민을 하였다.

이대로 그냥 돌아갈 것인지, 아니면 정진의 가족들이라도 만나 이야기를 나눠볼 것인지를 따져 보다 한 번 부딪쳐 보기로 마음을 먹었다.

"혹시 부모님 계신가요?"

— 예. 아버지께서 계시는데, 무슨 일이시죠?

"네, 다름이 아니라 정정진 헌터님에 관해 의논하고 싶은 것이 있어서 그렇습니다."

— 네, 잠시만요.

탁.

정진에 대해 이야기할 것이 있다는 말에 바로 현관문이 열렸다.

이기동은 대문이 열리자 얼른 안으로 들어갔다.

집 안으로 발을 들이니 가장 먼저 넓은 정원이 보였다.

그리 크지는 않지만 땅값이 비싼 서울에서 이 정도 넓이의 정원을 가진 주택을 가지기란 여간 힘든 일이 아니었다.

비록 몬스터 게이트의 영향권에 속한 곳이라고는 하지만 그래도 무척이나 화려했다.

이기동은 정진의 집을 둘러보며 값이 상당할 것이라 생각했다.

물론 이기동이 이 동네 집값에 대해 잘 알지 못하고 내린 판단이었다.

헌터 협회 간부인 그는 안전한 지역에 살고 있기에 일반 사람들의 몬스터에 대한 불안감을 자세히 알지 못했다.

게이트와 상당히 떨어져 있기는 하지만 3차 몬스터 웨이브 때 이 지역 인근까지 몬스터가 밀려 들어온 탓에 아직도 많은 집들이 비어 있는 상황.

다만, 집주인들이 집값이 더 이상 떨어지는 것을 막기 위해 가끔 청소도 하고 무너진 곳은 보수를 하였기에 겉으로 봐선 잘 꾸며진 동네로 보일 뿐이었다.

이기동은 동네의 겉모습에 속아 그런 생각을 한 것이다.

"어서 오십시오."

이기동이 정원을 지나 현관 앞에 도착하자 중년의 남성이 그를 맞이했다.

"예, 안녕하십니까. 저는 헌터 협회의 이기동 부장이라고 합니다."

이기동은 정수현에게 고개를 숙이며 정중히 인사를 건넸다.

"들어오십시오."

정수현은 별말 없이 얼른 이기동을 집 안으로 들였다.

무려 헌터 협회의 부장이라고 하는데, 괜히 그에게 잘못 보여 정진이 불이익을 당할지 모른다는 생각에 조심스럽게 그를 맞이한 것이었다.

이는 사실 정진의 위상을 알지 못하기에 저지른 실수 아닌 실수라 할 수 있었다.

"앉으시죠."

정수현은 거실 소파를 가리키며 이기동에게 자리를 권했다.

"감사합니다."

"정은아, 마실 것 좀 내오너라."

"네, 아버지."

"오렌지 주스하고 커피와 녹차가 있는데, 어떤 것을 드릴까요?"

정은은 예의 바른 말투로 이기동에게 물었다.

정은 또한 오빠가 헌터이니 협회 사람에게 잘못 보이면

나쁜 영향을 미칠 것 같아 정중하게 물은 것이다.

"아, 커피 부탁해요."

"네. 아버지는 어떤 것 드실래요?"

"나도 커피로 마시마."

"예, 잠시만 기다리세요."

정은은 두 사람의 주문을 받아 부엌으로 들어갔다.

정은이 자리를 비켜주자 정수현은 이기동을 보며 바로 본론으로 들어갔다.

"그런데 무슨 일로 저희 집을 찾은 것입니까? 조금 전에 들으니 제 아들에 관한 이야기라고 하셨던 것 같은데……."

자신의 부상 때문에 어려서부터 가장의 역할을 해온 정진이다.

그는 정말이지 정진만 생각하면 모든 것이 미안할 따름이었다.

그랬기에 늦었지만 이제라도 어떻게든 아들의 짐을 덜어주고 싶었다.

때문에 헌터 협회의 간부가 찾아오자 혹시나 정진에게 좋지 않은 일이 생긴 것은 아닐까 걱정스러운 마음이었다.

"혹시 아버님은 정정진 헌터가 최근에 노태 클랜과 재판을 치른 것을 아십니까?"

"네, 이야기 들었습니다. 아무리 대기업이 후원하는 대형 클랜이라고 하지만 하지도 않은 일을 가지고 사람을 도둑으로 몰다니, 정말이지 화가 납니다."

정수현은 생각만 해도 화가 나는지 분개한 표정이 얼굴에 떠올랐다.

비록 자신의 집안 형편이 넉넉하지는 않지만 정진이 절대로 남의 것을 탐하지 않는다는 것을 잘 알고 있었다.

만약 그런 일을 벌일 성격이었다면 지금껏 가족을 돌보지 않고 혼자 살길을 찾으려 했을 것이다.

한 점 의심도 없이 무조건적으로 정진을 믿는 정수현이기에 노태 클랜의 그 같은 행위는 정말 피가 거꾸로 솟게 할 정도로 화가 나는 일이었다.

사실 정진은 자신의 재판에 대한 이야기는 일절 가족들에게 하지 않았다.

재판이 모두 끝나고 나서야 그간의 이야기를 털어놓았다.

가족들은 그동안 몬스터 사냥을 나가지 않는 것을 이상하게 생각하긴 했지만 마법을 연구해야 한다는 정진의 말에 그러려니 하고 넘어갔다.

그러다 뒤늦게 재판 때문에 뉴 어스로 넘어가지 못해 사냥을 가지 못했다는 것을 알게 된 것이다.

더불어 가족들이 걱정할까 봐 말하지 않은 정진의 배려를 깨달았다.

이미 재판이 끝났고 이젠 거꾸로 손해배상 청구 소송을 진행 중이라는 말에 화를 풀었지만, 지금도 그 일만 생각하면 화가 나는 정수현이었다.

"저희도 정정진 헌터의 무고를 잘 알고 있었습니다. 그래서 정정진 헌터가 필요하다고 요청하는 자료를 적극 협조해 재판에 도움을 드렸습니다."

이기동은 정수현의 반응을 살피며 헌터 협회가 정진을 돕기 위해 증거 자료를 제공한 사실을 적극적으로 어필했다.

그런 이기동의 말에 정수현은 헌터 협회에 대해 조금은 호의적인 마음을 가졌다.

"그런데 굳이 그런 이야기를 하려고 찾아온 것은 아니겠지요?"

"예. 제가 찾아온 것은 다름이 아니라 정정진 헌터께서 재판 과정에서 보인 마법 때문입니다."

"네? 그게 무슨……."

"아, 오해하지 마십시오. 뭔가 문제를 삼기 위해 찾아온 것이 아니라……."

이기동은 자신이 정진의 집을 찾은 이유를 장시간에 걸쳐 설명했다.

"…정정진 헌터가 가진 능력은 어마어마한 파급력을 가져올 것입니다. 이는 헌터 개인의 문제가 아니라 어쩌면 국가의 운명까지 좌지우지할 수 있을 정도로 그 영향력이 지대한 일입니다."

장황한 설명을 마친 이기동은 수현의 모습을 지그시 지켜보았다.

수현이 긍정적인 반응을 보여준다면, 정진과의 관계 형성에 많은 도움이 될 것은 확실했다.

그러니 어떤 반응을 보여줄지 이기동으로서는 긴장이 되지 않을 수가 없었다.

"그러니까, 이 부장님의 말씀은 우리 정진이가 가진 능력을 차지하기 위해 많은 곳에서 찾아올 것이라는 말씀입니까?"

"그렇습니다. 좋은 의미로 생각하면 정정진 헌터의 능력을 사기 위해 많은 곳에서 좋은 조건에 스카우트를 할 것이라는 말이지만, 아마 몇몇 세력에서는 정정진 헌터의 능력을 독점하기 위해 과한 행동을 벌일 수도 있습니다."

이기동은 조금은 순화시켜 말을 했지만, 그 의미는 정수현이나 옆에서 듣고 있던 정은에게 정확하게 전달되었다.

과하게 행동을 한다는 말은 어쩌면 정진을 협박하거나 정진이 말을 듣게끔 가족들을 위협할 수도 있다는 의미였다.

"저기, 그러면 오빠가 말을 듣게 하려고 우릴 인질로 삼거나 할 수도 있다는 말인가요?"

정은은 떨리는 목소리로 물었다.

긴장과 두려움이 느껴지는 정은의 모습에 이기동은 굳은 표정으로 대답했다.

"그럴 수도 있습니다. 예로부터 힘을 가진 이들은 나라와 민족을 떠나 자신들의 권력을 계속해서 이어가려 무슨 짓이든 벌이곤 했습니다. 그런데 뉴 어스에서 아티팩트가 발견되면서 그들의 탐욕은 더욱 거세졌습니다."

수현과 정은이 자신의 말에 이미 어느 정도 넘어온 듯하자 이기동은 더욱 조심하며 자신의 생각을 말했다.

"아티팩트는 이 세상에 놀라운 기적을 안겨주었습니다. 질병을 치료하고, 외부의 공격으로부터 몸을 지켜주며, 어떤 것은 수명까지 늘려준다고 합니다. 그런 아티팩트를 정정진 헌터는 직접 만들어낼 수 있습니다. 그러니 수많은 권력자들은 할 수만 있다면 수단과 방법을 가리지 않고 정정진 헌터를 차지하려 할 것입니다."

"헉!"

조금은 냉정한 이기동의 말에 정수현은 물론이고, 정은도 깜짝 놀라 입을 벌렸다.

두 사람 역시 정진이 펼치는 마법을 직접 눈으로 확인했고, 또 수현은 오랜 부상을 치료 받기까지 하였다.

그런데 그런 능력을 물건에 담아낼 수 있다니, 상상만으로도 그것이 얼마나 대단한 일인지 깨달았다.

특히나 정수현은 예전에 헌터로 활약을 했기에 아티팩트에 대해 모를 수가 없었다.

"제가 이렇게 찾아온 것은 정정진 헌터가 아무리 대단한 능력을 보유하고 있다고 해도 이미 개인으로서는 감당할 수 있는 상황이 아니기 때문입니다. 저희 헌터 협회의 회장님께서는 정정진 헌터가 협회의 보호를 받는 것이 어떨지 의사를 물어보려 하십니다."

지금까지 채찍질을 했다면 이제는 당근을 제시할 차례였다.

비록 헌터 협회에 가입되어 있다 해도 헌터 개인의 행동을 강제할 수는 없었다.

그런 월권은 민주주의 국가인 대한민국에서 있을 수 없는 일이다.

헌터는 그저 협회에 등록하여 자신이 헌터란 사실을 증명하고 활동을 하는 것이지, 협회가 헌터를 통제할 수는 없다.

그 말은 정진을 헌터 협회에서 이래라저래라 할 수 없다는 것이다.

다만, 정진이 헌터 협회에 요청을 한다면 그 때는 그것을 명분으로 보호 및 관리를 할 수 있게 된다.

그렇지 않을 땐 헌터 협회에서 다른 나라나 세력의 접근을 막을 방법이 없었다.

"말씀 잘 들었습니다. 정진이 돌아오면 이야기해 보겠습니다."

"네, 잘 부탁드립니다. 정정진 헌터는 국가의 입장에서도 무척이나 중요한 분입니다. 물론 더 좋은 조건으로 정정진 헌터를 스카우트하려는 곳도 있을 것입니다. 하지만 그들은 정정진 헌터나 가족분들의 입장보단 자신들의 이득을 먼저 생각하는 존재이니 잘 선택을 하셔야 합니다."

"예, 잘 알겠습니다. 제 아들 문제로 이렇게 직접 찾아와 이야기해 주셔서 정말로 감사합니다."

정수현은 이기동에게 감사 인사를 전했다.

물론 그렇다고 이기동의 말을 100% 다 믿는 것은 아니었다.

조금 전에 그가 한 말이기도 하지만, 모든 단체는 자신들의 이득을 위해 정진을 찾는 것이지, 정진에게 도움을 주기 위해 찾는 것이 아니었다.

수현은 지금 앞에 있는 이기동도 헌터 협회의 이득을 위해 나왔다고 확신했다.

"그럼 전 정정진 헌터가 현명한 선택을 내리시길 바라고 있겠습니다. 될 수 있으면 끝까지 대한민국 국민으로, 또 대한민국을 대표하는 헌터로 남아 저희의 그늘 속에서 함께 해 나갔으면 좋겠습니다."

"예, 그리 전달하겠습니다."

"그럼 전 이만 일어나 보겠습니다."

정수현은 소파에 앉아 조금 전 이기동이 하고 간 이야기를 다시 한 번 돌이켜 보았다.

그의 말이 100% 진실은 아니겠지만, 조심해서 나쁠 것은 없었다.

무려 이 시대 최고의 보물이라는 아티팩트에 관한 일이다.

어떤 시대에도 권력자들의 속성은 변하지 않는다.

그들은 가지고 싶은 것을 얻기 위해 수단과 방법을 가리지 않는다.

보물은 그 자체만으로는 행운이지만, 그것을 지킬 힘이 없다면 재앙이 될 수밖에 없다.

권력을 가진 사람들은 처음에는 정진을 회유하기 위해 유화책을 사용할 테지만, 정진이 말을 듣지 않으면 어떤 방법을 사용할지 몰랐다.

정진을 손에 넣지 못한 쪽에서는 어쩌면 극단적인 방법을 사용할지 모를 일이었다.

자신이 가지지 못하면 다른 사람도 가지지 못하도록 어쩌면 생명을 노릴 수도 있었다.

그런 생각에 수현은 머리가 복잡했다.

확실히 조금 전 헌터 협회 간부인 이기동이 말한 대로 울타리가 필요하다는 말에 공감했다.

그러한 관점에서 보면 헌터 협회는 생각보다 매력적인 대상이란 생각이 들었다.

적어도 정수현에게는 오늘 이기동의 방문이 효과를 보았다고 할 수 있었다.

† † †

와장창!

"으아악!"

노태규의 명령으로 모든 일선에서 물러난 노인태는 극도로 화가 나 감정을 주체할 수가 없었다.

자신이 힘들게 가져온 성과의 열매는 경쟁자인 둘째 형에게 넘어갔다.

뿐만 아니라 얼마 전까지만 해도 자신의 클랜에서 진행하던 프로젝트의 계약직으로 일하던 쓰레기가 엄청난 능력을 가지고 나타났다.

처음 그 쓰레기가 10억 원어치의 마정석을 환전했다는 소식에 잠시 흥분해 비이성적인 판단을 내려 소송을 벌였다.

지금 생각하면 자신답지 않게 너무도 경솔했다.

냉정히 생각해 보면 사실 재판까지 갈 건더기도 없는, 너무도 허술하고 앞뒤가 맞지 않는 이야기였다.

그나마 자신의 배경과 로비가 있었기에 고소가 접수되고 재판까지 간 것이다.

하지만 노인태는 결과적으로 자신의 모든 것을 잃었다.

그룹 후계자 자리를 노리기 위해 겨우겨우 계열사 중 하나인 노태 클랜의 사장직을 맡고 있었는데, 이젠 그 자리마저 다른 사람의 차지가 되었다.

노인태 스스로도 사실 자신의 역량을 잘 알고 있었다.

자신은 결코 노태 그룹의 총수 자리엔 어울리지 않았다.

그가 계속해서 노태 그룹의 총수 자리를 놓고 벌이는 후계 경쟁에 목을 매는 이유는 다름이 아니라 형들 때문이었다.

언제나 자신을 눈 아래 두고 경쟁상대로도 여기지 않는 큰형이나 자신의 일이라면 무조건 훼방을 놓는 둘째 형 때문에라도 손을 놓지 않았다.

그런데 지금 이 순간, 그 어느 때보다 궁지에 몰려 버렸다.

'역시 네가 그렇지' 라는 듯한 눈으로 자신을 바라보는 큰형과 자신의 실수를 보며 잘되었다는 듯 달려들어 아버지의 화를 부추기는 둘째 형의 모습을 보며 노인태는 그만 이성을 잃었다.

그리고 자신이 이렇게 될 동안 옆에서 동조했던 최성규에게 그 분노를 모조리 쏟아 부었다.

"이 개만도 못한 놈! 모두 너 때문이야! 네가 제대로 보좌만 했어도… 죽어! 죽어!"

퍽! 퍽!

분노로 눈이 돌아간 노인태는 무자비하게 골프채를 휘둘러 최성규를 두들겨 팼다.

최성규는 정진과 벌인 재판에서 패소를 한 뒤, 그 책임을 물어 직위에서 해제되었다.

뿐만 아니라 클랜에 끼친 손해에 대한 책임에서도 벗어날 수가 없었다.

그의 재산은 지금 노태 클랜에 의해 압류 절차에 들어가 있었다.

정진에게 물어야 할 배상금의 일부를 그의 재산으로 충당할 것이고, 부족한 것은 어쩔 수 없이 노태 클랜에서 지불할 것이다.

그뿐만 아니라 최성규는 노인태의 분풀이 대상이 되어야만 했다.

그렇다고 반항을 할 수도 없었다.

직위를 모두 잃었다고는 하지만, 그래도 노인태는 노태 그룹 노태규 회장의 아들이었다.

그러니 지금 아무런 감투가 없다고 해도 함부로 할 수가 없는 것이다.

"사장님, 그만하시지요. 더 이상 하면 최 비서 정말 죽습니다."

한껏 흥분해 최성규에게 분풀이를 하고 있는 노인태의 귀에 자신을 제지하는 목소리가 들려왔다.

"뭐야! 너도 날 우습게 보는 거야?"

하지만 이미 광기에 잡아먹힌 노인태는 눈을 희번덕거릴 뿐이었다.

그가 시선이 닿은 곳에는 언제 왔는지 박용식이 와 있었다.

그는 정진이 일꾼으로 일하던 당시 흰머리 산 던전 캠프의 경비 책임자로 있었고, 지금은 노태 클랜에서 추진 중인 흰머리 산 던전을 쉘터로 만드는 프로젝트를 맡고 있는 책임자였다.

그런 박용식이 뉴 어스의 현장이 아닌 이곳 노인태의 별장에 와 있는 것이었다.

"그런 것이 아닙니다. 지금 상황에서 또 사고가 나면 회장님의 귀에 들어가게 됩니다. 그렇게 되면……."

박용식은 더 이상 말을 하지는 않았지만, 흥분한 상태의 노인태도 지금 그가 무슨 뜻으로 말하는지 잘 알아들었다.

"알았다. 그만하지. 하지만 날 궁지로 몰아넣은 그놈은 절대 용서할 수 없어!"

"예, 마침 알아보니 그놈이 뉴 어스에 있다고 합니다. 흰

머리산 남쪽에 있는 영원의 숲에서 사냥을 한다고 하
니……."

"그래? 뉴 어스라면 처리하는 것도 간단하겠군?"

"그렇습니다. 굳이 여기서 화풀이하는 것보단 그곳이 깔
끔하죠."

박용식은 뭔가를 이미 계획해 둔 듯 눈을 차갑게 빛냈다.

마치 독을 품은 독사가 먹이를 노리듯 무척이나 차갑고
음험한 기운이 풍기는 눈이었다.

Chapter 9
습격

그워억!

우지직! 꽈드득!

몬스터의 괴성과 나무가 부러지는 소리가 요란하게 숲속을 울렸다.

핑! 핑!

그워억!

이어서 무언가 바람을 가르는 소리가 들리고, 다시 몬스터의 고통스런 비명이 터져 나왔다.

"도망치려 한다. 지웅아, 견제!"

"알겠습니다!"

"조금만 더 집중하자!"

"네! 하압!"

팀 아케인의 팀장인 이정진은 도망치려는 몬스터의 앞길을 차단하며 그레이트 소드를 휘둘러 몬스터의 발목을 다시한 번 가격했다.

스트랭스와 스트롱 마법이 걸려 있는 그의 그레이트 소드는 오우거의 발목에 정확히 들어갔다.

쾅!

둔중한 충돌음과 함께 단단한 오우거의 발목이 너무도 쉽게 부러져 버렸다.

크왁!

이전보다 더욱 고통스런 비명 소리가 오우거의 입에서 터져 나왔다.

강맹한 팀 아케인의 공격에 한쪽 발목이 부러지면서 더이상 도망을 칠 수 없다는 판단을 했는지 오우거는 제자리에 주저앉아 최후의 발악을 준비하였다.

하지만 팀 아케인 멤버들은 쉽게 공격하려 들지 않았다.

원래 상처 입은 짐승이 더 위험하다는 것을 잘 알고 있기에 오우거가 자리에 주저앉은 모습을 보고도 무리하게 달려들지 않았다.

"블라인드!"

잠시 소강상태로 대치가 이어질 때, 뒤쪽에서 정진이 마법을 시전하였다.

블라인드 마법은 물리적 공격력은 없지만 잠시간 상대의 시선을 가릴 수 있어 빈틈을 만들어내기에 무척이나 좋았다.

"공격!"

정진의 마법에 걸린 오우거가 앞을 보지 못하고 당황하고 있을 때, 이정진은 멤버들에게 공격 명령을 내렸다.

그에 따라 팀 아케인 멤버들은 일제히 오우거를 공격하였다.

이들의 목표는 심장이 있는 가슴이나 치명적인 급소인 머리가 아닌, 오우거의 남은 한쪽 다리였다.

아예 이동을 하지 못하게 남은 다리마저 파괴하려는 것이었다.

"히얍!"

김지웅은 괴상한 기합을 지르며 바스타드 소드를 양손으로 쥐고 오우거의 무릎 뒤쪽 관절을 향해 휘둘렀다.

그리고 지웅이 오우거의 무릎을 공격하기 직전, 진성과 재욱이 발사한 볼트가 오우거의 다리를 얼려 버렸다.

파삭!

집중된 공격에 오우거의 다리는 결국 버티지 못하고 부서져 버렸다.

크악!

앞이 보이지 않는 상태에서 남은 한쪽 다리마저 부서져 버리자 오우거는 더 이상 중심을 잡지 못한 채 앞으로 쓰러지고 말았다.

"조심해!"

이정진은 앞에서 견제하던 강현성에게 주의를 주고는 그와 동시에 오우거의 숨통을 끊어놓기 위해 달려 나갔다.

"타핫!"

짧은 기합성과 함께 달리는 탄성을 이용해 그대로 뛰어오른 이진성은 그레이트 소드를 머리 위로 들어 올렸다.

쿵!

마법으로 강화된 이정진의 근력에 낙하에너지까지 합쳐진 검이 쓰러진 오우거의 목을 그대로 내려쳤다.

그러자 그레이트 소드가 질긴 오우거의 가죽을 뚫고 단단한 뼈마저 갈랐다.

만약 이정진이 들고 있는 그레이트 소드가 마법 무기가 아니었다면 결코 이런 결과는 일어나지 않았을 테지만, 오우거의 질긴 목은 이정진의 공격으로 단번에 절단이 되었다.

"와아! 잡았다!"

오우거의 목이 떨어지기 무섭게 김지웅이 큰소리로 외쳤다.

그와 함께 정면에서 오우거를 막고 있던 강현성이 제자리에 주저앉고, 저 뒤쪽에 떨어져 오우거가 도망을 가려 할 때마다 견제를 하던 강진성과 류재욱이 일행의 곁으로 다가왔다.

일행과 떨어져 있던 정진도 천천히 걸어왔다.

팀 아케인이 사냥한 오우거도 벌써 다섯 마리째였다.

트롤을 사냥하던 중 우연히 난입한 오우거를 잡은 것을 기점으로 팀 아케인은 그 후로 계속해서 오우거를 사냥했다.

물론 전적으로 오우거만 잡은 것은 아니었다.

트롤이 보이면 트롤을 잡고, 오우거가 보이면 오우거를 잡았다.

다만, 중간중간에 보이는, 돈도 별로 되지 않는 몬스터는 그냥 지나쳤다.

굳이 힘을 낭비할 필요가 없기 때문이었다.

"이번 것은 중중 정도네요."

김지웅이 오우거의 가슴을 열어 마정석을 꺼내 들며 조금 아쉬운지 입맛을 다셨다.

"에이, 매번 상급에 가까운 그런 것이 나오겠냐? 사실 중중만 해도 아머드 기어가 없이는 구경하기도 힘든 거야. 그에 반해 우린……."

아쉬워하는 김지웅에게 류재욱이 말했다.

"그건 나도 알지만, 처음 것이 너무 좋아서 말이지."

아닌 게 아니라 처음 잡은 오우거의 몸에서 나온 마정석은 같은 중급이지만 지금의 것보다 훨씬 크고 색도 진했다.

막 상급으로 진화하기 직전에 해당하는 것이기에 그리 컸던 것이다.

만약 처음 잡은 오우거가 상급에 해당하는 마정석을 품고 있었다면 팀 아케인 멤버들 중 몇 명은 이 자리에 서 있지 못했을 것이 분명했지만, 정진은 굳이 그런 설명은 하지 않았다.

만약 중상급 마정석을 품고 있던 그 오우거가 동급의 몬스터를 잡아먹고 마정석을 섭취했다면 상급으로 진화를 했을지도 모를 일이었다.

그 말인즉, 타라칸이 진화를 하기 전에 품고 있던 마정석과 같은 등급이라는 의미였다.

물론 타라칸은 상급 중에서도 상등급의 마정석을 품고 있었지만, 갓 상급으로 올라섰다 해도 중급 마정석을 가졌을 때와는 확연하게 다른 모습을 보여주었을 것이다.

그랬다면 아마 그 오우거는 아머드 기어도 상대할 만큼 강해져 있었을 것이다.

하지만 가정은 필요가 없다.

오우거는 팀 아케인을 공격하다 잡혔고, 그것으로 끝이다.

진화를 목전에 둔 오우거가 허망한 최후를 맞이한 것처럼 팀 아케인에게도 언제 위기가 찾아오게 될지 모르니, 정진은 언제나 경계를 늦추지 않았다.

"이것만 챙기고 그만 복귀하도록 하자."

"야호! 이번에도 주머니가 두둑하게 벌었네요."

이정진의 복귀 선언에 멤버들의 표정이 모두 밝아졌다.

조금 전까지만 해도 긴장 속에서 중형 몬스터를 사냥하느라 무척이나 지쳐 있었는데, 집으로 돌아간다는 소리에 없던 힘마저 솟아났다.

"형님, 그런데 이렇게 일찍 복귀해도 괜찮은 겁니까? 조금 더 잡아야 하지 않겠어요?"

이번에 처음으로 팀 아케인에 합류하여 사냥을 한 류재욱은 겨우 이틀 만에 돌아간다는 말에 의아한 표정이 되었다.

이틀간 팀 아케인이 잡은 몬스터는 트롤 여덟 마리에 오우거 다섯 마리였다.

류재욱의 경험상 이 정도 몬스터를 사냥해서는 헌터들에게 떨어지는 몫이 얼마 되지 않았다.

그렇기에 이틀 만에 돌아간다는 이정진의 말이 잘 이해가 가지 않은 것이었다.

"야, 트롤 여덟 마리에 오우거만 다섯 마리 잡았다. 더 잡는 것은 과욕이야."

김지웅이 충분하다는 듯 류재욱에게 말을 했다.

"하지만 이렇게 잡아봐야……."

류재욱은 말을 하다 말고 팀장인 이정진의 눈치를 살폈다.

그런 재욱의 모습에 김지웅은 자신이 무슨 실수를 했는지 깨달았다.

지웅은 재욱을 클랜에서 빼올 생각만 했지, 팀 아케인의 시스템에 대한 자세한 이야기를 해주지 않은 것이다.

때문에 재욱은 일반적인 클랜 시스템에 미루어 계산을 하고 있는 것이었다.

"이런, 내가 분배에 관한 이야기를 하지 않았구나."

"분배?"

"응. 우리 팀 아케인은 여기 팀장인 이정진 형님, 그리고 여기 막내 정진이가 주축이 되어 구성한 팀인데, 각자 역할이 있어서 분배는 완전히 공평하게 하고 있다. 사냥에서 나온 이익을 팀원 수대로 나누어 갖는 거지. 다만, 정진이의 가디언인 타라칸도 한 사람 몫으로 쳐서 정진이 가져간다."

"뭐? 그게 정말이야?"

류재욱은 지웅의 설명을 듣고 놀란 눈을 했다.

그가 아는 바에 따르면, 헌터 클랜은 물론이고, 일반 소규모 헌팅 팀도 분배를 이렇게 균등하게 하지는 않았다.

일단 클랜이나 헌팅 팀의 팀장이 가장 많은 몫을 가져가고, 그다음으로 매인 탱커, 근거리 딜러, 원거리 딜러순으로 몫이 분배되었다.

이렇게 각자 역할이나 위험도에 따라 몫을 분배하다 보니 상대적으로 안전한 곳에서 공격을 하는 원거리 딜러는 가장 적은 몫을 가져간다.

팀 아케인에서 재욱의 역할은 원거리 딜러였다.

나중에 주력 무기인 아머드 기어가 배정되면 달라지겠지만, 현재 그의 포지션은 크로스 보우를 사용하는 원거리 딜러일 뿐.

그러니 자신의 몫이 형편없을 것이라 생각해 더 많은 사냥을 해야 하는 것 아닌가 하는 의견을 낸 것인데, 팀 아케인에서의 분배는 모두 균등하게 이루어진다는 말에 깜짝 놀란 것이었다.

"물론 팀 공금으로 좀 빠지기는 하지만, 그래도 상당한 배당을 받을 수 있을 거야."

지웅은 아직도 놀라 말을 잇지 못하는 재욱을 위해 보충 설명을 덧붙였다.

하지만 머릿속으로 자신에게 돌아올 몫을 어림짐작이나마 계산해 본 재욱의 귀에는 지웅의 말이 전혀 들어오지 않았다.

† † †

뉴 서울에서 북쪽으로 20㎞ 정도 떨어진 관목 숲.

일단의 사람들이 몸을 숙인 채 옹기종기 모여 있었다.

"아, 정말. 언제까지 이렇게 대기만 하고 있어야 하는 거야?"

키가 작은 관목 숲에 숨어 가만히 몸을 웅크리고 있자니

좀이 쑤시는지 한 사람이 작게 불만을 토로했다.

다들 말은 안 하지만 같은 생각이었는지, 그 말을 시작으로 여기저기서 비슷한 목소리가 들렸다.

"그러게 말이야. 젠장, 우리가 다크 헌터도 아니고, 왜 이렇게 있어야 하는 거야?"

"맞아."

이들이 말하는 다크 헌터란 몬스터를 사냥하는 헌터와 달리 헌터를 사냥하는 헌터들을 부르는 명칭이었다.

어둠 속에서 헌터들을 습격한다고 해서 다크 헌터라 불리는 이 범죄자들은 헌터들이 사냥을 끝내고 쉘터로 돌아오는 순간을 노리고 기습하여 장비나 사냥물을 갈취하였다.

뿐만 아니라 완벽한 범죄를 위해 습격한 헌터들은 모두 죽여 버리기에 일반 헌터들에게 무척이나 두려운 존재였다.

몬스터를 상대로 하는 전투보단 헌터 간의 전투에 더 특화된 이들 다크 헌터는 세계 헌터 연합에서도 상당한 현상금을 걸어둘 정도로 그 위험도가 높았다.

지금 이곳에 모인 이들은 그런 범죄자는 아닌 듯 보이지만, 하는 행동으로 미루어보아 그와 비슷한 일을 하기 위해 모여 있음을 알 수 있었다.

"조용! 힘든 것은 알겠지만, 더 이상 떠드는 것은 내가 용서하지 않겠다."

발언한 이가 상당히 높은 자리에 있는 인물인지, 그의 말에 순식간에 모두가 조용해졌다.

"이 대리."

"예, 부장님."

"이곳으로 나간 것이 확실한가?"

박용식은 노태 클랜 뉴 서울 지부 대리인 이기석을 불러 물었다.

"예. 분명 4일 전에 이쪽 길로 나갔습니다."

"4일 전이라… 그럼 아직 돌아오려면 시간이 한참 남은 것 아닌가?"

박용식은 이기석의 말에 인상을 찡그렸다.

사장인 노인태의 지시로 정진과 그가 속한 헌팅 팀을 처리하기 위해 급하게 뉴 어스로 따라왔는데, 그만 그들을 놓쳐 버렸다.

괜히 그들을 찾아 영원의 숲으로 들어갔다가는 그 넓은 곳에서 길이 엇갈릴 수도 있고, 몬스터와 마주칠 위험도 있기에 무작정 따라가는 것보다는 그들이 사냥을 마치고 돌아올 때 처리하기로 하고 길목에서 대기를 하였다.

그런데 이제 겨우 4일이 지났다고 하니 왠지 허탈한 마음이 들었다.

하루만 더 일찍 왔더라도 이렇게 길목에서 허송세월을 보내지 않아도 되었을 텐데, 겨우 하루 차이로 그들을 놓친 것이다.

"모두 지금 자리에서 벗어나지 말고 돌아가면서 휴식을 취해라."

자신의 실수를 인정하기는 싫지만, 그렇다고 언제 올지도 모를 대상을 기다리며 장시간 부하들을 긴장 상태에 놓는다면 자칫 사고를 터질 수 있기에 적당히 풀어줄 필요가 있었다.

"이번 일만 무사히 처리하면 사장님께서 후한 보상을 해주겠다고 약속하였으니, 더 이상 떠들지 말고 작전 시간까지 휴식을 취하며 대기하도록."

후한 보상이라는 적당한 당근을 던지며 부하들의 불만을 잠재운 박용식은 저 멀리 까마득하게 보이는 영원의 숲을 지그시 바라보았다.

그렇게 얼마의 시간이 흘렀을까.

1km 전방에 전초를 나가 있던 부하가 박용식에게 뛰어와 보고를 했다.

"옵니다."

"확실한 것이냐?"

"그렇습니다. 분명하게 확인했습니다."

전초로 보낸 부하에게 이미 타깃의 사진을 주었기에 정보는 분명할 것이다.

박용식은 주변에 있는 부하들에게 명령을 내렸다.

"타깃이 다가오고 있다. 모두 준비하라!"

"예."

"지금부터 우린 잠시 다크 헌터가 되어 클랜을 욕보인 저들을 응징한다."

박용식의 말이 떨어지기 무섭게 자리에 모여 있던 헌터들의 눈빛이 바뀌었다.

이런 일이 한두 번이 아니었던 듯, 몇몇 헌터들은 마치 재미있는 놀이 시간을 맞이한 것처럼 눈을 반짝였다.

삐그덕삐그덕.

커다란 달구지 위에는 몬스터 가죽과 부속품이 산더미처럼 쌓여 있었다.

특이하게도 달구지를 끄는 것은 커다란 덩치의 몬스터였
다.

"스톱!"

구르릉.

이정진의 외침에 앞으로 나아가던 달구지가 멈춰 섰다.

지난번에도 이쯤에서 달구지를 끌던 줄을 풀었다.

아니나 다를까, 이정진의 말이 떨어지기 무섭게 지웅이
타라칸의 곁으로 다가와 몸에 연결되어 있던 줄을 풀어주었
다.

부르르!

구속에서 벗어나자 타라칸은 개운하다는 듯 몸을 한 번
흔들어 털었다.

그리 무거운 것은 아니지만, 원체 이런 일과는 연관이 없
던 타라칸의 신체 구조상 무척이나 갑갑했던 것이다.

"정진아, 타라칸은 이만 돌려보내라. 여기서부턴 우리가
직접 끌어야겠다."

"알겠습니다."

정진은 지금까지 달구지를 끌고 온 타라칸의 목을 쓰다듬
어 주며 격려했다.

"수고했다. 여기부턴 우리가 끌게."

그릉.

타라칸은 정진의 말을 알아들었는지 커다란 머리를 들어 정진의 몸에 문질렀다.

"자, 출발하자."

강현성과 강진성이 타라칸이 끌던 달구지 안으로 들어가 손잡이를 잡고 밀었다.

정진은 그런 두 사람의 수고를 덜어주기 위해 달구지에 마법을 걸었다.

"리버스 그래비티!"

역중력 마법인 리버스 그래비티를 걸자 달구지에 걸린 부하가 줄어들며 훨씬 가벼워졌다.

그러자 달구지가 이내 움직이기 시작했다.

덜그럭.

강현성, 진성 형제가 앞에서 끌고 뒤에서 지웅과 재욱이 밀었다.

그렇게 일행이 다시 움직이기 시작하자 타라칸은 몸집을 줄여 은밀하게 정진을 뒤따랐다.

가디언인 타라칸은 그 소명에 따라 정진의 안전을 위해 뉴 서울로 들어가기 전까지 그 뒤를 따랐다.

하지만 팀 아케인의 그 누구도 타라칸이 자신의 둥지로

돌아가지 않고 자신들을 따르고 있다는 사실을 알지 못했다.

오직 타라칸의 영혼이 종속된 정진만이 뒤를 따르고 있다는 것을 알 수 있었다.

〈『헌팅 프론티어』 제5권에서 계속〉

1판 1쇄 찍음 2016년 7월 11일
1판 1쇄 펴냄 2016년 7월 15일

지은이 | 정사부
펴낸이 | 정 필
펴낸곳 | 도서출판 뿔미디어

기획 · 편집 | 문정흠 · 한관희

출판등록 | 2002년 9월 11일 (제081-1-132호)
주소 | 경기도 부천시 원미구 소향로 17번길(두성프라자) 303호 (우) 14544
전화 | 032)651-6513 / 팩스 032)651-6094
E-mail | bbulmedia@hanmail.net
홈페이지 | http://bbulmedia.com

값 8,000원

ISBN 979-11-315-7290-0 04810
ISBN 979-11-315-7112-5 04810 (세트)

※파본은 구입하신 서점에서 교환하여 드립니다.